Mekiro

Robin Fischhoff

Mekiro

roman

PLON
www.plon.fr

92, avenue de France
75013 Paris
Tél. : 01 44 16 09 00
Fax : 01 44 16 09 01
www.plon.fr
www.lisez.com

Mise en pages : Graphic Hainaut
Dépôt légal : mars 2023
ISBN : 978-2-259-31503-6

Note de l'éditeur

Ce roman est le lauréat de la troisième édition du Prix du Roman de la Gendarmerie nationale.

Présidé par le général d'armée Christian Rodriguez, directeur général de la Gendarmerie nationale, le jury réunit gendarmes, journalistes et écrivains, tels que Maxime Chattam, Thierry Ardisson, Éric Delbecque ou Yves Thréard…

1

La montagne flottante

Une lampe à la main, perdu dans des méandres oniriques, j'arpentais des galeries sans fin quand la lumière, brusquement, s'éteignit, ce qui me tira de mon rêve. J'avais la tête collée au hublot et toutes les peines du monde à sortir de ma torpeur. Nous survolions enfin l'archipel des Gambier et son île principale, Mangareva. Après bientôt trois ans de service en Polynésie, je ne m'étais jamais transporté aussi loin et touchais ici aux confins de la République. L'aéronef ATR 72 préparait son approche, dansant avec le vent. Vinrent les bruits caractéristiques de la sortie du train d'atterrissage, puis l'annonce du commandant de bord qui sonnait comme une délivrance. J'avais passé plus de quatre heures incarcéré dans une cabine pressurisée, aux sièges trop étroits et où le seul service à bord s'arrêtait à une mince collation, en sus du sourire bienveillant des hôtesses. Bercés par le vrombissement des moteurs, nous avions eu droit à un infatigable ciel bleu et à un océan immense. Mes vaines tentatives pour rompre l'ennui avaient oscillé entre sieste et lecture de la littérature de bord, des consignes de sécurité aux offres promotionnelles.

Je m'étais toujours amusé à savourer ces magazines, à apprécier l'inutilité des publicités qui vous content les plages paradisiaques, le charme des palaces, les activités hors de prix et les plus belles parures. En somme, tout ce que je ne pouvais m'offrir. À la réflexion, ceux qui avaient accès à un tel luxe étaient d'ailleurs rarement engoncés dans un siège trop petit, à lire ce type d'illustrés sous une climatisation capricieuse.

L'aérodrome de Totegegie était situé sur un *motu*, en fait un très large et vaste banc de sable séparé de Mangareva – la « montagne flottante », dans le langage local. À l'exception d'une modeste tour de contrôle, l'unique bâtiment faisait office à la fois de salle d'embarquement et de débarquement, de réception des bagages et du fret. Quatre bancs, posés en guise de décoration, composaient l'ensemble du mobilier. Un seul quai flottant permettait d'accéder à la navette communale. Il n'y avait pas foule dans cette zone reculée du Pacifique Sud, à l'exception des quelques familles du coin et de rares touristes de passage, compte tenu des événements actuels. Demeuraient les fonctionnaires du « pays » et ceux de l'État – enfin, ceux encore assez rustiques pour rester fidèles au poste : les gendarmes. Ici, de l'autre côté du monde, à plus de 15 000 kilomètres de la métropole, loin des commodités et plongée au cœur de la précarité, la faculté d'adaptation de cette vieille dame toujours vivace qu'est la Gendarmerie nationale n'était pas une vue de l'esprit.

Nous fûmes accueillis par Jacques Paeamara, le commandant de la brigade de Rikitea, qui ceignit nos têtes d'un collier de fleurs comme le veut la tradition polynésienne, en prononçant : «*Ena Koe*», les mots de bienvenue mangaréviens. Véritable colosse bien campé sur ses pieds, le torse et les épaules larges, l'adjudant possédait ce regard bienveillant propre à la philosophie polynésienne, conjuguant à la fois joie de vivre et fatalisme.

Paeamara nous expliqua rapidement une situation qui n'avait rien de simple. La scène de crime, objet de notre périple, se situait sur une île à plus d'une trentaine de minutes de navigation. Très faiblement peuplée, il était facile de procéder aux constatations d'usage sans être perturbé, mais la complexité résidait précisément là. Le corps et les lieux, selon les mots de l'adjudant, avaient été découverts dans un état «extraordinaire», laissant supposer des actes d'une rare violence, qui ne s'accordaient manifestement pas avec la quiétude bien connue de l'archipel. Cela augurait de longues heures de travail et aurait exigé, selon lui, l'utilisation d'un matériel d'identification criminelle que nous n'aurions pas à notre disposition. En outre, malgré les précautions prises par la brigade, la nouvelle de la férocité de ce meurtre s'était répandue dans l'île, suscitant de nombreuses interrogations et des rapprochements plus ou moins délirants avec le contexte de pourrissement généralisé du lagon. L'irrationnel, cet adversaire tant redouté, prenait le pas, ce qui ne faciliterait pas notre enquête. Mais, à plus de 1 600 kilomètres de Tahiti, nous allions devoir nous adapter.

Mon adjoint, le major Éric Weber, me regarda, dubitatif, peu enclin à laisser transparaître ses émotions tant qu'il n'aurait pas observé lui-même la scène de crime et inventorié les faits. Il était trop rationnel pour imaginer quoi que ce fût de si extraordinaire qu'il aurait été impossible d'y trouver une explication. Vingt années à servir au sein d'unités de police judiciaire vous travaillaient nécessairement un homme, et créaient un prisme sur sa manière de voir le monde. Que vous soyez puissant ou misérable, pour Éric, on revenait toujours aux mêmes mobiles, aux mêmes fondamentaux : l'argent, l'amour, l'orgueil, le sexe, et parfois les quatre en même temps.

Nous quittâmes le *motu* de l'aérodrome pour gagner l'île principale. L'embarcation de la gendarmerie – une coque « alu » poussée par deux moteurs de 115 chevaux – pouvait rejoindre le ponton de la brigade en une petite demi-heure. Le temps pour nous de prendre conscience de l'immensité du lagon, sans doute le plus majestueux qu'il m'ait été donné de voir, et de son improbable beauté macabre. Car y régnait une odeur caractéristique de pourriture en provenance des profondeurs, comme si algues, coraux et toute la faune aquatique crevaient en libérant un remugle de chair en décomposition. Çà et là, des poissons morts dérivaient au fil de l'eau, ajoutant des ombres tristes à ce morne tableau. L'adjudant nous précisa que tout avait commencé à dépérir quelques semaines plus tôt.

Les pêcheurs locaux n'attrapaient plus rien, en tout cas rien de comestible, et ils avaient même constaté une modification du comportement de certains mammifères marins. Les baleines à bosse, par exemple, ne venaient plus séjourner dans ces eaux le temps de s'y reproduire ; elles avaient littéralement disparu. Pire, nous apprîmes que, par centaines, elles allaient s'échouer sur les rivages et le récif corallien. Leurs corps, curieusement, ne présentaient pourtant aucune marque, aucune lacération.

« Une explication a-t-elle été avancée ?

— Pour l'instant, beaucoup de théories mais rien de concret. C'est comme si les animaux tentaient de fuir leur milieu naturel. »

Quelques biologistes supposaient des manifestations de démence, si tant est qu'elle puisse être diagnostiquée chez ces espèces. D'autres menaient des études sur l'emploi par des firmes étrangères de certaines technologies, tels les sonars utilisés pour cartographier les fonds. Ces appareils, capables d'émettre des sons perceptibles par les cétacés, étaient susceptibles de les désorienter. On soupçonnait également le changement de potentiel hydrogène de l'eau. Mais aucune cause n'était parvenue à expliquer ce désastre, juste des spéculations et des conjectures interminables.

Sur les plages, au bord de l'eau, d'énormes cadavres étaient éventrés, semblables à des ballons de baudruche ayant éclaté sous la pression. La fermentation des gaz résultant de la décomposition était à l'origine de ce phénomène impressionnant, qui renforçait encore, s'il en était besoin, l'impression sinistre des lieux. L'odeur pestilentielle était comme un appel aux cohortes d'immondes bestioles nécrophages, venues se repaître de la pitance et qui nous incommodèrent jusqu'à la nausée.

Paeamara continua ses explications en nous précisant que la population locale, lasse de se battre contre l'océan, avait décidé de ne plus s'occuper des charognes.

« Au départ, avec la mairie et des pêcheurs, nous tractions ces cadavres au large. Les corps revenaient s'échouer sur les *motus*, côté océan, ce n'était pas gênant et ça évitait la pollution du lagon. Mais nous avons arrêté, trop compliqué et les stocks d'essence commencent à ne plus suffire, les pêcheurs grognent ! »

En effet l'île, coupée du monde, n'était reliée que par un mince cordon ombilical avec Tahiti et voyait ses ressources d'essence, de vivres et de matériels s'épuiser. Les quelques dessertes aériennes et les rares navires militaires de passage, réquisitionnés pour l'occasion, ne pouvaient subvenir aux besoins quotidiens de la population, aussi faible soit-elle. Les goélettes marchandes n'opéraient plus leurs rotations habituelles, laissant le choix de la traversée à la bonne volonté des capitaines susceptibles de braver ces eaux, désormais réputées maudites.

Les cadavres se désagrégeaient sur le sable, parfois dans l'eau, ballottés par les vagues. La faune aquatique, particulièrement sensible, ne pouvait lutter contre ces tonnes de pourriture déversées chaque jour des entrailles des mammifères. Champignons, algues et bactéries se développaient rapidement dans ces eaux chaudes, bouillon de culture particulièrement propice à la croissance de n'importe quel micro-organisme nocif. Le constat était particulièrement alarmant pour la *Pinctada margaritifera*, l'huître perlière des Gambier, dont le taux de mortalité avait considérablement augmenté, entraînant le départ de plusieurs greffeurs et la ruine de certaines concessions perlières. La richesse de l'archipel se fondait quasi exclusivement sur la perliculture et la situation actuelle engendrait une crise majeure. Malheureusement, le gouvernement polynésien, peut-être dépassé, ne semblait – ou ne voulait – pas encore prendre la réelle mesure des événements.

Durant notre traversée, mon attention fut attirée par un ensemble de bâtisses posées sur une terre isolée. Une étrange construction à la pointe de l'île, une tour de pierre sombre, tranchait avec les couleurs vives de la végétation environnante. L'adjudant m'expliqua qu'il s'agissait d'Aukena, là où s'étaient établis, des siècles plus tôt, les missionnaires de la congrégation du Sacré-Cœur de Jésus et du Cœur Immaculé de Marie, chargés d'évangéliser l'archipel. Saint-Raphaël d'Aukena, me précisa-t-il, était la première église catholique construite en Polynésie. Et cette intrigante tour, sur la pointe Mata Kuiti, avait été édifiée à la même période, à la demande des missionnaires. Mais on connaissait mal son histoire. Les locaux l'utilisaient aujourd'hui comme point de repère pour signaler l'entrée du lagon par la passe de l'Ouest, ce qui devait déjà être son rôle à l'époque.

Rares étaient ceux qui résidaient encore sur l'île. Autrefois, c'étaient des coprahculteurs, récoltant inlassablement l'albumen séché de la noix de coco (ou coprah), transformé par la suite en huile de coco. Ils avaient été remplacés par des perliculteurs récoltant tout aussi inexorablement les précieuses nacres, écrins des perles de Polynésie. À Aukena, une seule famille de *Popa'a*, les Clairvoye, propriétaires de nombreuses concessions perlières, y possédaient encore des terres transmises depuis des générations, depuis le temps où des négociants venus d'Europe et des missionnaires s'étaient mis à revendre la précieuse nacre aux navires de commerce. Les juteux profits qu'ils en tiraient s'étaient avérés indispensables à la construction d'un paradis chrétien.

Arrivés à quai, nous eûmes tout loisir de découvrir la brigade de Rikitea, chef-d'œuvre encore inachevé de l'art gendarmesque. Au milieu des fleurs exotiques et face aux eaux turquoises du lagon, elle se résumait à un vulgaire bloc de béton mal dessiné. L'ensemble, malgré d'innombrables couches de peinture, ne pouvait hélas plus cacher son état de vétusté. S'il avait existé un concours en matière de proportion, la brigade aurait également pu se targuer d'être l'une des plus petites unités territoriales de la Gendarmerie nationale. Son unique pièce était séparée en deux par un contreplaqué, afin d'officialiser une sorte de démarcation avec le bureau de l'adjudant, qui faisait également office de réserve. Nous y trouvâmes un peu de tout. L'armoire forte indispensable au stockage de l'armement y trônait fièrement parmi divers casiers de rangement et autres matériels radio. Le bureau du «chef» et son indispensable ordinateur de combat étaient noyés sous un ensemble incroyable de câbles entremêlés, censés perfuser électriquement et numériquement la brigade – ou du moins la maintenir en lien avec le monde extérieur. Tout aussi défraîchis, les logements des gendarmes comme d'autres bâtiments annexes avaient depuis longtemps abandonné l'âpre combat contre la corrosion et la corruption du temps.

Je comprenais mieux le double, voire le triple isolement ressenti par les militaires qui occupaient ces lieux. Perdus sur un archipel isolé du Pacifique Sud, à plus de quatre heures de vol de Tahiti et de leur base, ils étaient hébergés dans des locaux incommodes en sus de faire face aux affres de ce gigantesque territoire océanique. Je comprenais également mieux pourquoi la gendarmerie continuait de faire corps avec les territoires ultramarins, et la Polynésie en particulier. La rusticité – vertu cardinale des militaires – était de rigueur. Maintes fois éprouvée, jamais vaincue.

Rikitea, la commune principale de l'île de Mangareva, chef-lieu des Gambier, comptait 870 âmes, une petite infirmerie, moins d'une dizaine de magasins de première nécessité, quatre pensions familiales, un quai où venaient accoster l'unique navette et les goélettes marchandes de passage, et deux infrastructures scolaires. Seule, détonante et majestueuse, se dressait non loin de la brigade la cathédrale Saint-Michel. Cinquante mètres de long et dix-sept mètres de large. L'ouvrage témoignait d'une période faste d'évangélisation, qui avait inscrit le catholicisme dans le patrimoine génétique de l'archipel.

À l'opposé, en direction du débarcadère principal, la mairie ressemblait à toutes celles du coin, empreintes de simplicité et peintes d'une couleur souvent criarde. L'ensemble reposait sur une base technique qui permettait, selon de savants calculs et

– disons-le – beaucoup de superstition, de lutter contre la force des éléments déchaînés.

Nous fûmes accueillis par le *Tavana*, le maire de la commune. Un homme de moyenne taille, le teint bruni par le soleil, le regard franc et d'aspect austère. Après un échange rapide de banalités, son ton changea brusquement lorsque, d'une voix chancelante, il nous expliqua s'être rendu à Taravai pour constater l'impensable.

« Seule une bête, mon capitaine, peut être à l'origine d'un tel carnage… Comment sur notre petite île perdue est-il possible que nous soyons les témoins d'une telle horreur ? »

Visiblement très marqué, il ponctuait étrangement ses propos de jeux de regard à l'attention du commandant de brigade qui, comme pour donner son approbation, haussait les sourcils. Par expérience, je savais qu'il s'agissait d'une marque caractéristique du langage corporel polynésien.

« C'est pour ça que la section de recherches s'est déplacée, *Tavana*. La gendarmerie mettra tout en œuvre pour faire la lumière sur ce qui s'est passé. Ne vous inquiétez pas, et essayez de calmer les esprits. »

Le maire ne renchérit pas, mais insista sur l'angoisse ressentie par la population, déjà éprouvée par la crise économique. Les Mangaréviens, assujettis à cette forme de naïveté qui caractérise parfois les insulaires, avaient tendance à extrapoler les choses et à tirer de fausses conclusions. Les phénomènes apparus dans le lagon et la découverte d'un cadavre affreusement mutilé favorisaient des théories fantasques, qu'il s'agissait de tuer dans l'œuf.

Au moment de reprendre l'embarcation de la brigade, je ne saurais expliquer les sentiments qui m'assaillirent, un soupçon d'effroi mêlé à une dose d'impatience. Je contemplais au loin l'île de Taravai, destination improbable du bout du monde, et décor sublime d'une scène de crime effroyable.

2

Taravai

Débarqués sur une petite plage, nous nous dirigeâmes vers ce qui avait dû être un ancien village. Les fondations d'un mur d'enceinte y étaient encore visibles. Se dressait également, face à nous, un immense mur de pierre pourvu d'une arche sur laquelle apparaissaient, gravés, deux cœurs rouges flamboyants. Cela, m'informa l'adjudant, représentait les Cœurs de Jésus et Marie, symboles de la congrégation de Picpus, celle des Pères bâtisseurs.

Vue de son parvis, l'église Saint-Gabriel de Taravai semblait désaffectée mais habitée d'un charme sans pareil. De couleur bleue et blanche, elle était pourvue d'un clocher de forme conique et d'une façade dont le portail laissait se développer des voussures. La dernière d'entre elles, incrustée de coquillages, donnait à l'ensemble une touche indéfinissable, où l'exotisme rencontrait le gothique. De chaque côté du portail, se dressaient des colonnettes chapeautées de pinacles et un fronton qui s'ajustait dans l'axe du clocher. Le portail en bois avait été scellé afin d'en interdire l'accès. Juste au-dessus, un vitrail en forme de fleur, rouge, vert, jaune, bleu, amenait une dernière touche de poésie avant l'horreur.

À peine entré dans la nef, je vacillai. L'odeur y était insoutenable. Au milieu d'une mare déjà sèche de sang, baignait le corps d'un jeune homme étrangement rongé, recouvert de morsures et de profondes entailles. Sur ce qu'il restait de peau, des tatouages et des symboles qui m'étaient inconnus. La poitrine ouverte, la chair corrompue, il s'offrait malgré lui à une cohorte d'insectes dignes des études les plus improbables d'entomologie criminelle. Son visage avait conservé une expression de terreur, figée par la rigidité cadavérique. Formellement identifié, Moetini Roapamoa n'avait pas encore trente ans et pourrissait, les entrailles à l'air, dans un salmigondis de chair.

Du sang maquillait maladroitement les murs, sans doute pour tenter de recouvrir d'autres symboles géométriques étonnants, gravés dans la chaux. Parfois, des traces de main ou peut-être des griffures marquaient un chemin en direction de l'une des fenêtres, du côté ouest. Celle-ci avait volé en éclats, désignant indéniablement un point de sortie, mais encore fallait-il savoir de quoi ? ou de qui ? Étant donné l'éclatement des chambranles, la hauteur de la fenêtre et la projection du verre à l'extérieur, il semblait certain que, pour reprendre les termes de l'adjudant lors de notre arrivée dans l'archipel, nous étions face à un cas « extraordinaire ».

Cyril, notre technicien en identification criminelle (ou TIC), commença à baliser les lieux. Un travail de fourmi, au cours duquel il restait impassible quelles que soient les circonstances. La mécanique de chacun de ses gestes était impeccablement huilée, tout comme ses remarques : il maugréait chaque fois que nous étions à la mauvaise place et susceptibles de polluer « sa » scène de crime. J'en profitai pour me diriger vers le fond de l'église afin d'achever la fouille des lieux. Rien n'attira mon attention si ce n'est l'autel en bois, marqué des cœurs flamboyants de la congrégation, incrusté de nacres et toisé par un Christ crucifié, dont une partie de la tête avait éclaté. Ce détail sur la statue de notre Sauveur, témoin involontaire d'un homicide volontaire, était de circonstance.

À l'extérieur, je continuai de ratisser le sol à la recherche d'indices. Quelques empreintes, près de la fenêtre éclatée, paraissaient indiquer l'emplacement d'une chute mais partaient dans des sillons délirants. Rien d'exploitable en vérité et les bris de verre qui jonchaient le sol rendaient la tâche délicate. Le TIC et Éric, accompagnés de deux gendarmes de la brigade, devaient désormais geler les lieux : s'assurer de pouvoir les reproduire dans leurs moindres détails, afin de mieux les analyser et d'exécuter une éventuelle reconstitution. Tous les indices allaient être décelés, répertoriés puis scellés, ce qui exigerait un temps considérable et une organisation millimétrée. Je décidai donc de rentrer sur l'île principale avec l'adjudant, en vue de préparer la suite. Une question en particulier me travaillait : Moetini Roapamoa n'habitant pas Taravai, par quel moyen y était-il venu ? Paeamara me confirma que notre mouillage était le seul praticable ; or, selon les premiers témoignages, personne n'avait remarqué d'autre embarcation. *De facto*, il était probable que la victime se soit rendue à l'abattoir avec son bourreau.

Débuta alors un fastidieux travail de recherches. L'homme assassiné était réputé sans histoire, il n'apparaissait pas dans nos fichiers et travaillait comme plongeur au profit de la famille Clairvoye. Originaires de Mangareva, les Roapamoa étaient connus dans l'île, notamment pour aider à la préparation des offices et des grandes fêtes religieuses. Pendant quelques heures, Paeamara et moi brossâmes un ensemble d'hypothèses, des plus sérieuses – qui recensaient les profils aux troubles psychiatriques avérés – aux plus farfelues, fondées sur d'hypothétiques rituels. Au bout du compte, aucune piste tangible, du moins exploitable en l'état.

Rien et surtout personne ne pouvait expliquer la sauvagerie perpétrée. Seul un habitant, Ruben Tumarae, vingt-neuf ans, possédait néanmoins un vrai passé criminel. Condamné pour des faits de violence, séquestration et agressions diverses, il était également adepte de l'infecte mixture *komo puaka* et *pakalolo*, mélange détonant qui ravageait trop de cerveaux polynésiens. Paeamara le soupçonnait aussi de consommer de l'ice, cette drogue de synthèse maudite, méthamphétamine importée des États-Unis et véritable fléau. Malheureusement Ruben disposait d'un solide alibi qui ne collait pas avec notre *ligne des temps*. Ayant rompu son dernier protocole de soins, il avait été ramené sous bonne escorte dix mois plus tôt à Tahiti pour y être hospitalisé. Cet épisode avait causé un fort émoi dans l'archipel car le fils Tumarae avait manqué de décapiter son père à la hache durant son sommeil. Sans la présence d'esprit de sa mère et l'intervention des gendarmes, le bonhomme y serait passé, couché sur son lit, ivre mort, complètement inconscient du drame qui se jouait. Ruben avait été rapidement maîtrisé et ramené à la brigade, non sans avoir essayé de mordre son escorte et de défoncer les portières du véhicule d'intervention. Quoi qu'il en soit, malgré son profil intéressant, Ruben ne pouvait s'être trouvé à Taravai au moment des faits. L'adjudant avait cependant pris les dispositions nécessaires pour s'assurer qu'il n'était pas de retour, notamment auprès de la cheffe d'escale de la compagnie aérienne.

Du côté des hypothèses farfelues, rien non plus. L'archipel était connu pour être le berceau du catholicisme en Polynésie française. Les Pères bâtisseurs avaient littéralement effacé les anciennes croyances, luttant contre certaines pratiques tribales sulfureuses sur fond d'anthropophagie. Et, si la ferveur chrétienne s'était érodée au fil du temps, les Mangaréviens restaient respectueux de la liturgie. L'adjudant m'invita donc à prendre attache avec Monseigneur Marceau, archevêque de Papeete et membre de la congrégation de Picpus, comme avec son représentant sur l'archipel, le diacre permanent André Maputeoa. Leur profonde connaissance de la population îlienne pourrait nous être utile, d'autant que la famille de la victime était très proche du diacre.

Au moment de partir lui rendre visite, je reçus un appel d'Éric :

« Cyril a tout cliché jusqu'à la plage et au débarcadère. On a cent dix scellés en tout. Beaucoup de matières organiques, mais pas grand-chose d'immédiatement exploitable… Ah, si ! On a retrouvé un bijou, un collier qui a probablement dû rouler sous un banc, près de l'autel.

— À quoi ressemble-t-il ?

— Cinquante perles travaillées de manière artisanale. Je pense qu'il manque un truc mais je ne sais pas quoi.

— Comment ça ? Précise !

— Comme un bijou, une médaille… Bon, tu verras l'ensemble de tes propres yeux, de toute façon, sauf *l'organique*. Je t'empaquette ça et te le livre à la brigade.

— Très bien. Autre chose ?

— Oui, on a entendu les onze personnes qui vivent sur l'île… *nada* ! Ils sont tous en proie à une forme de panique et rapportent des propos délirants, en lien avec la religion.

— De quel type ?

— Ils parlent d'une apparition fantomatique… Non, le seul élément qui ressort, c'est la correspondance temporelle confirmée par notre témoin principal, celui qui a découvert le corps.

— Qui est-ce ?

— Un dénommé Christophe, une sorte de sacristain ou quelque chose du genre. C'est à lui qu'ont été confiées les clés de l'église. Il déclare ne rien avoir remarqué depuis sa dernière visite, samedi dernier. Le temps était à l'orage une bonne partie de la soirée. Un orage terrible, d'après lui. Bref. Ce n'est que dimanche, en début de matinée, qu'il a décidé de partir relever d'éventuels dégâts. Il a ouvert la porte et est tombé sur le corps. Il a appelé le maire, qui s'est aussitôt rendu sur les lieux avec la brigade. »

Éric, comme tout bon OPJ, poursuivit sur les immanquables questions d'ordre procédural et l'épineuse question du rapatriement du cadavre. Outre le budget conséquent, il fallait aussi surmonter les difficultés techniques de son conditionnement, de son transport vers l'aérodrome, puis trouver des pilotes et un appareil. Le dispensaire de Rikitea étant dépourvu de chambre froide ou de lit réfrigéré, une course contre le temps s'était donc engagée car le pourrissement des chairs, déjà bien avancé, entraverait nécessairement les constatations médico-légales. Éric allait se charger du cadavre et rapporter les prélèvements à Tahiti, tandis que je continuerais les investigations sur place avec l'aide de l'adjudant Paeamara.

C'est avec beaucoup de chaleur que le diacre nous reçut chez lui, non loin du cimetière, là où, dit-on, le dernier roi légendaire de Mangareva, converti à la foi chrétienne, avait été enterré.

Nous étions assis autour d'une table, une tasse de thé fumante à la main. Son domicile, manifestement celui d'un célibataire, était empli de divers objets liturgiques, de peintures religieuses et d'une littérature théologique abondante. Tout ce qu'on pouvait attendre d'un clerc qui vouait sa vie au Christ et qui, selon toute vraisemblance, se préparait au sacerdoce. En revanche, André Maputeoa ne nous apprit pas grand-chose sur la victime. Seule la déférence marquée de l'adjudant envers notre hôte suscitait ma curiosité, comme s'il s'agissait chaque fois d'obtenir son approbation, à l'instar des jeux de regards qu'il avait échangés plus tôt avec le *Tavana*.

Le diacre, comme tout habitant de l'archipel, était au courant du crime mais il évita, peut-être par pudeur, de s'épancher. Il se contenta de nous confirmer ce que tout le monde savait. Moetini travaillait pour la ferme Clairvoye, dans une concession située sur l'île de Mangareva. Il insista surtout sur le fait qu'il appartenait à une famille très pieuse, en particulier sa mère, décédée quelques années plus tôt. D'une générosité sans égale, elle avait été l'un des piliers de la communauté, tout comme son père, Joseph, dont les racines familiales remonteraient au temps des Pères bâtisseurs. Mais, depuis quelque temps, le vieux Joseph, poursuivit le diacre, n'était plus vraiment le même. Son esprit était tourmenté :

« Il vit presque reclus sur l'île d'Aukena, et n'a plus toute sa tête. Il refuse les visites et devient de plus en plus récalcitrant à servir aux offices.

— Son comportement peut s'expliquer s'il vient de perdre son fils, non ? »

Le diacre, un peu surpris de ma remarque, marqua une légère pause avant de reprendre :

« Bien entendu, capitaine, mais je ne parle pas de ça. La perte d'un être cher est toujours une épreuve qui nous fait souffrir dans notre chair, pourtant, bien avant le décès de Moetini, Joseph s'est mis en tête de poursuivre une sorte de créature…

— Comment ça ? Vous voulez dire qu'il chasse un être imaginaire ?

— Oui, plus ou moins… Maintenant, il est peut-être la dernière personne à avoir vu Moetini.

Vous devriez passer le voir, mais je voulais vous prévenir de son état psychologique. Ses propos pourraient vous paraître étranges. »

Considérant mon expression troublée, le diacre précisa que Joseph s'était plusieurs fois confié à lui, rapportant des rêves peuplés de créatures inquiétantes. Il disait craindre pour sa vie, qu'il se sentait guetté par quelque chose de malsain qui rôdait la nuit sur son île. Maputeoa attribuait ses confessions à l'isolement du vieil homme, enfermé dans sa cabane de pêcheur et promis à une forme de déchéance mentale. La mort de son fils n'avait dû qu'aggraver son état.

Après les remerciements d'usage, Paeamara s'engouffra dans le véhicule de service pour nous ramener à la brigade. Sur le chemin, je ne pus m'empêcher d'évoquer sa déférence et le profond respect que semblait lui inspirer notre hôte ; l'adjudant me répondit très naturellement qu'outre sa foi catholique (il communiait tous les dimanches), André Maputeoa représentait, au sein de la communauté, une sommité ceinte d'une aura bienveillante.

Il m'expliqua que, avant l'arrivée des Pères bâtisseurs, la société mangarévienne était divisée en deux classes : les nobles et les plébéiens. Les premiers, directement rattachés à la famille régnante, étaient hiérarchisés en fonction du degré de consanguinité, alors que les seconds se structuraient en fonction de leur richesse foncière. Un noble pouvait être pauvre sans terre et un plébéien disposer de sujets et de propriétés ; seul le sang marquait la distinction sociale. Unique lien entre eux : les « clercs » – devins et prêtres –, qui pouvaient être issus de l'une ou de l'autre classe, et bénéficiaient d'un statut social à part, car considérés comme les gardiens du « sacré » au même titre que le roi. Ce sacré s'apparentait à un corpus de règles fixant des obligations, ou plutôt des interdits en matière de nourriture, d'habitat, d'usages, que la population suivait scrupuleusement sous peine, pour le contrevenant, d'expier ses fautes par différents rites, voire d'être condamné à mort.

Au sein du clergé existait néanmoins une hiérarchie, strictement fondée sur la puissance spirituelle et les liens qui unissaient le prêtre à telle ou telle divinité. Ainsi, Maputeoa descendait-il d'une lignée de clercs de sang royal, dont la puissance spirituelle était considérée comme sans égale. Malgré le travail acharné des missionnaires de la congrégation et l'inscription de la foi catholique dans la pierre des églises, l'influence des anciennes croyances était encore palpable. Le diacre était donc perçu comme le ministre du culte, mais aussi le dépositaire d'un sacré remontant à des temps immémoriaux.

S'il y avait en Polynésie une vieille tendance au syncrétisme, l'alchimie opérée aux Gambier avait produit quelque chose d'étonnant. Un je-ne-sais-quoi mystique, indéfinissable, qui résonnait indéniablement en moi.

Je trouvai à la brigade le sac de scellés qu'Éric, avant de partir pour l'aérodrome, avait pris soin de laisser. Il avait aussi imprimé la planche photos de l'ensemble des actes effectués sur l'île de Taravai.

En saisissant le scellé dont il m'avait parlé, mon œil l'identifia très vite. Ce n'était pas un collier mais un chapelet, composé de cinq dizaines de perles noires, et dépourvu de sa croix, symbole des apôtres. L'objet était remarquablement travaillé. Il s'agissait de bijouterie artisanale, rien de très compliqué dans la confection, mais qui nécessitait une certaine dextérité. En le manipulant à son tour, Paeamara parut intrigué et se mit à l'étudier.

«Je connais ce chapelet, capitaine... Attends, laisse-moi voir les procédures en cours.»

Il fouilla quelques minutes dans ses dossiers, puis me tendit un procès-verbal. Il s'agissait d'une plainte pour vol, déposée par le diacre un mois auparavant.

L'objet du délit – un chapelet de perles noires – avait jusque-là été accroché au cou de la statue de Notre-Dame-de-la-Paix, dans l'église d'Akamaru. Et sa description correspondait en tout point au scellé. André Maputeoa, dans sa déclaration, insistait sur la valeur spirituelle de l'objet – et en particulier de la croix –, auquel les insulaires vouaient un culte spécifique depuis l'arrivée des Pères bâtisseurs. Il était la parure de la Vierge, maintes fois béni par les prêtres du diocèse de Papeete. Il était donc capital de le retrouver afin de rassurer la population, beaucoup voyant sa disparition comme un mauvais présage.

Cela expliquait sans doute que les investigations menées depuis le dépôt de plainte aient été plutôt denses. En règle générale, pour un préjudice aussi faible, on attendait que cela se tasse, en espérant voir ressortir l'objet à un moment ou à un autre. Ces dossiers venaient simplement alimenter la pile d'enquêtes

« en cours » de classement par le parquet. Mais ici, la foi avait sans doute bien moins motivé les recherches que la personnalité du plaignant, figure locale particulièrement appréciée.

« Tu as pas mal avancé, Jacques. Je vois qu'un recoupement est déjà en cours avec tous ceux présents sur l'île au moment des faits...

— Oui, capitaine, l'île compte quelques habitants mais il y a beaucoup de passages à cause des fermes perlières. Les ouvriers vont et viennent tous les jours entre Mangareva et Akamaru. »

Mon regard se figea en reconnaissant un nom.

« Tu as vu ? Moetini apparaît sur la liste ! »

Paeamara fit une légère moue et me prit le procès-verbal des mains. Après quelques secondes de lecture, il me fixa, un peu penaud.

« Je suis désolé, capitaine, je n'avais pas fait le rapprochement... Le procès-verbal a été dressé par mon adjoint et je n'avais pas encore eu le temps de le relire.

— Nous sommes loin d'Akamaru ?

— Non, à côté. Le lagon est calme, je te propose d'y aller. Je te présenterai Michel, l'un des chefs de famille. Il aura certainement des choses à nous dire.

— Mais que faisait Moetini là-bas ? Je croyais qu'il travaillait sur une autre concession ?

— Étant un employé des Clairvoye, il devait bouger en fonction des besoins. Il est donc probablement venu renforcer l'équipe d'Akamaru... Quoi qu'il en soit, il n'a pas pu passer inaperçu... »

3

Le gouffre insondable

Il était assez simple de rejoindre Akamaru si l'on connaissait l'emplacement des lignes de nacres, des patates de coraux et si l'on évitait la marée basse. Un jeu d'enfant, en quelque sorte. En règle générale, sauf pour les quelques pêcheurs aguerris, les navettes entre les îles étaient assurées par des Mangaréviens nés au milieu de cet océan. Jacques Paeamara était l'un de ces hommes. Il naviguait ici depuis qu'il était gamin. Ainsi, tel le sinistre passeur manœuvrant sa barque sur les eaux noires de l'Achéron, l'adjudant nous guidait à travers les eaux turquoise et les carcasses d'animaux marins. Ici aussi, la pourriture du lagon était visible, le remugle puissant. Divers organismes sécrétaient une substance visqueuse, une sorte de mucus insoluble et désagréable. Des palanquées de poissons crevés flottaient à la surface, comme asphyxiés. Les oiseaux marins ne s'approchaient plus, l'odeur putride et les eaux poisseuses ayant fait fuir même les plus voraces.

Un mal inconnu frappait cet archipel perdu du fin fond de l'Océanie.

Phénomène naturel, causes anthropiques ou, pour certains dévots, malédiction divine ? Question lancinante que je me posais bien avant d'atteindre notre destination, lorsque mon regard se fixa sur une grande croix métallique, plantée en haut d'un mamelon. C'était Mekiro, un îlot posé sur le lagon, à quelques brassées d'Akamaru.

Ce bout de terre était un point de repère, le gardien d'un labyrinthe corallien à travers lequel seul un pilote expérimenté pouvait se risquer. Sur ses pentes et ses abords, sous la chaleur accablante du soleil, se décomposaient des carcasses de chèvres sauvages à demi rongées, désarticulées de manière grotesque. Ces charognes étonnèrent également l'adjudant, qui me précisa que l'îlot, inhabité, n'abritait aucun animal – entendu, aucun carnassier susceptible d'un tel massacre. Un mystère de plus, en somme.

Après avoir solidement arrimé l'embarcation, nous fûmes accueillis sur le débarcadère par une poignée d'enfants, curieux de voir de nouvelles têtes. Paeamara distribua quelques sucreries, comme il en avait l'habitude lorsqu'il faisait le tour des îles. Étrangement, les enfants insistaient pour savoir si nous venions pour le « grand poisson blanc ». Je compris qu'ils faisaient référence à une sorte de chimère, qui sortait la nuit pour chasser et se repaître des animaux de la forêt. Je demandai à Paeamara s'il s'agissait d'un mythe local, une sorte de croque-mitaine, mais il me répondit : « Simple invention de gamins ! »

L'île ne comptait que trois familles, moins d'une vingtaine de personnes, dans l'unique hameau ramassé autour de l'église, qui était elle aussi très atypique.

D'imprégnation *romane tendance insulaire*, elle disposait de deux clochers dissymétriques. Cette bizarrerie avait été la volonté d'un des premiers Pères bâtisseurs, le père Laval, pour lui rappeler ses racines lorsqu'il contemplait, enfant, les clochers de la cathédrale de Chartres. La tour de droite, la plus grande, abritait une cloche qu'il était possible d'atteindre via un escalier à vis taillé dans le corail. À la différence de Saint-Raphaël, l'ensemble était parfaitement entretenu et accueillait régulièrement les offices. À l'intérieur, quelques fidèles se pressaient dans le chœur, s'affairant à nettoyer le maître-autel sur lequel se dressait une statue en métal de la Vierge.

À notre vue, l'un d'eux, le fameux Michel, vint à notre rencontre. Après les présentations d'usage, il dériva sur la situation actuelle. Le lagon demeurant la colonne vertébrale de toute l'économie des Gambier, voire de la Polynésie, la situation était devenue critique. Paeamara, qui évitait soigneusement toutes considérations politiques, ramena rapidement la conversation sur les cadavres d'animaux qui jonchaient les pentes de l'îlot.

« Je ne sais pas quoi te répondre… En règle générale, les chasseurs ne vont jamais à Mekiro et, surtout, personne ne s'amuse à dépecer les animaux de cette manière.

— Que veux-tu dire ? demandai-je.

— Tu ne tues pas pour le plaisir mais pour te nourrir. Tu ne gâches pas la nourriture. Or, là, ces chèvres sont à moitié dévorées, massacrées pour rien !

— Qui serait capable de faire ça ?

— Personne ! C'est l'œuvre d'un animal ou alors, comme disent les enfants, c'est le "grand poisson blanc", reprit Michel sur un ton ironique.

— C'est quoi, cette histoire ?

— Rien du tout, je te fais marcher. Les enfants ont écouté récemment le récit du livre de Jonas, avalé par le poisson monstrueux. Depuis, ils sont un peu effrayés. »

Quand nous lui présentâmes le scellé, Michel confirma qu'il s'agissait bien du chapelet volé et fut surpris que la croix n'y soit plus accrochée. Celle-ci, en pierre de lave et d'onyx, n'avait aucune valeur marchande et était si identifiable qu'il était impossible de la receler sur l'archipel.

« L'église est toujours ouverte et sans réelle surveillance, ajouta-t-il. Alors certains touristes, disons "indélicats", en profitent pour rapporter des "souvenirs", des morceaux de nacres ou des perles. Même l'autel a été vandalisé.

— Et tu n'as jamais pensé à mettre en place une surveillance ou simplement prévu de fermer les portes ? »

Michel regarda Jacques Paeamara, puis laissa échapper un rire plus ou moins étouffé.

« Tu es aux Gambier ici, capitaine, pas à Tahiti ou à Paris… Tout est ouvert, comme doit l'être la maison de Notre-Seigneur, et les gens se font confiance. »

Nous décidâmes alors de nous rendre à pied à la concession de la famille Clairvoye, située à quelques kilomètres de là, dans la partie nord-est de l'île. Comme pour toutes les autres concessions, il fallait d'abord emprunter un ponton au bout duquel était amarré un bateau qui permettait de rejoindre une autre structure de bois, juchée sur pilotis, le *fare greffe*. C'était l'atelier du greffeur et le poste de contrôle, s'il était possible de contrôler quoi que ce soit.

Vairua, notre passeur, que l'adjudant connaissait bien, était également le responsable du site. Comme il était souvent d'usage en Polynésie, les perliculteurs, toujours passionnés, prirent le temps de présenter leur travail. Face à la lente mort du lagon, des plongeurs partaient chaque jour vérifier les nasses dans lesquelles étaient enfermés les précieux mollusques. Les fermiers les montaient ou les descendaient pour tenter de trouver une température adéquate, mais les soins apportés semblaient dérisoires. L'eau était devenue visqueuse, trouble, l'environnement végétal et animal corrompu, sauf curieusement au niveau de la concession Clairvoye d'Akamaru. Cette exception, nous expliqua Vairua, était liée à l'emplacement de la ferme, sur une curiosité géologique : un cénote, un gouffre géant qui s'était formé sur le récif corallien après l'effondrement des terrains alentour. La fosse était submergée intégralement, ce qui laissait une tache bleu marine, jurant sur le bleu turquoise du récif. Sa profondeur en était inconnue, ses entrailles jamais sondées ni explorées. Les anciens, pourvoyeurs de légendes, prétendaient que cet abysse était là depuis des temps immémoriaux, depuis que les habitants de l'archipel avaient contemplé le soleil pour la première fois. Dans la mythologie mangarévienne, il était devenu le gouffre ténébreux de la cruelle déesse *Hina*, qui capturait et tourmentait les âmes.

Atu-moana – littéralement le « seigneur de la mer », un dieu tutélaire – aurait immergé l'abîme pour empêcher les hommes d'y tomber.

Les nasses y étaient plongées à plusieurs mètres afin de bénéficier d'un courant purificateur issu des profondeurs. Les nacres étaient ainsi parfaitement préservées de toute pollution. Mieux, leur croissance paraissait s'accélérer, favorisant la collecte de perles d'une exceptionnelle beauté.

De retour au *fare greffe*, nous pûmes admirer certains de ces spécimens, improbables joyaux taillés dans une nature morte. Personne n'était capable d'expliquer un tel phénomène. Mais la rumeur s'était répandue sur l'archipel et nombre de fermiers tentaient de négocier avec les Clairvoye des emplacements privilégiés sur Akamaru. En vain.

Alors qu'il nous raccompagnait au débarcadère, Vairua nous confirma qu'au moment supposé du vol du chapelet, Moetini était bien présent. Il insista cependant sur le fait que le jeune homme, à l'exception de sa fin tragique, ne s'était jamais fait remarquer, enchaînant les plongées sans broncher. Il arrivait très tôt, déjeunait parfois, puis partait remonter les filets et surveiller les nacres. En fin d'après-midi, il rentrait à Mangareva. Vairua le raccompagnait quand il en avait le temps, sinon d'autres s'en chargeaient, si ce n'était le patron lui-même – Antoine de Clairvoye.

Voyant mon étonnement, notre passeur me précisa : la relation entre les deux hommes était sans équivoque. Ils étaient amants. Dans l'archipel, il était de notoriété publique que *L'Aristocrate* assouvissait ses fantasmes dans les bras de jeunes éphèbes, pour la plupart des ouvriers des fermes perlières, une ressource facile à amadouer et quasiment intarissable. Selon Vairua, certaines rumeurs laissaient entendre des relations tarifées. Paeamara lui-même savait qu'Antoine de Clairvoye fréquentait les « hommes douceur » de l'île, bien qu'il fricotât parfois avec des femmes, en fonction de ses envies.

De retour à la brigade, nous fouillâmes les archives. Si Antoine était surtout connu pour usage de stupéfiants, nous retrouvâmes néanmoins une plainte à son encontre pour agression sexuelle, classée sans suite. La victime, un jeune homme de passage, originaire des Tuamotu, avait vraisemblablement joué la carte de l'extorsion envers son richissime amant, mais sans succès.

Sur sa liaison avec Moetini, Paeamara ne savait rien mais ne parut pas surpris. Personne, dans l'archipel, n'ignorait l'homosexualité affichée de notre victime, fortement réprouvée d'ailleurs par sa famille, en particulier par son père, le vieux reclus d'Aukena.

4

Les Clairvoye

Je dus passer les trois jours suivants à m'occuper de paperasse et de procédure, à fouiller dans les archives de l'unité ou sur Internet, et à joindre diverses administrations afin de recueillir des éléments notables sur une famille qui, si elle semblait incontournable dans l'archipel, émergeait aussi clairement au fil de mes investigations.

Les Clairvoye ne comptaient plus que deux membres : un frère, Antoine, et sa sœur cadette, Pauline. Leurs parents étaient décédés dans un accident d'avion, à la fin des années 1990. Pierre-Simon, le père, pourtant pilote expérimenté, n'avait pas su négocier son approche lors d'un atterrissage. Selon les constatations effectuées à l'époque et sur la base des rares témoignages recueillis, des vents violents avaient eu raison de l'appareil, un twin-otter 300, qui s'était fracassé sur la piste. Cela entrait pourtant en totale contradiction avec les précis météorologiques et les messages aéronautiques, qui attestaient un temps clair et un vent de trois à cinq nœuds. Cette contradiction avait bien sûr alimenté les rumeurs. Certains y voyaient un sabotage pour des raisons politiques (Pierre-Simon de Clairvoye briguait la présidence d'un parti politique local), d'autres un suicide programmé. Un petit nombre seulement se raccrochait aux témoignages des pêcheurs locaux qui firent état d'une force inconnue, une terrible bourrasque, surgie de nulle part, en pleine journée, au passage de l'aéronef.

Les enfants, âgés de treize et dix ans, étaient restés sur l'île, gardés par leur nourrice, une certaine Egaratia Salmon. Le temps de se préparer à reprendre les rênes de l'entreprise, leur vie avait été ponctuée de voyages à l'étranger et d'études en métropole. Antoine et Pauline, seuls représentants de la lignée, avaient dû supporter à peine sortis de l'enfance le poids de la généalogie et de la tradition d'un clan installé depuis des générations en Polynésie.

Originaires de l'Aveyron, les Clairvoye descendaient d'une vieille famille de la noblesse, ayant eu son heure de gloire lorsqu'un aïeul était devenu intendant de Louis XIV et avait su se faire un nom, à une époque où un ministre comptait bien plus qu'un duc. Par un habile jeu d'alliances, ils avaient prospéré jusqu'à la Révolution.

Une brève participation d'un autre aïeul à la rédaction des cahiers de doléances, avant la réunion des états généraux, avait alors été l'unique fait d'armes de la famille. Elle n'avait pas péri sur l'échafaud mais, privée d'une partie de ses « rentes », elle avait dû se résoudre au fil des ans à épouser la qualité de commerçant et à fréquenter la bourgeoisie d'affaires. Coupé du projet nobiliaire napoléonien, qui accordait des titres aux fonctionnaires et aux notables non liés à la terre, le clan avait tenté, sous la monarchie de Juillet, de revenir en gloire.

C'est ainsi qu'en 1843 le chevalier Charles-Auguste de Clairvoye avait décidé de partir pour la Polynésie, un an après l'intervention de la flotte française dans ces eaux lointaines, où l'annexion des îles Marquises avait précédé la ruse de l'amiral Dupetit-Thouars : faire signer un traité de protectorat à la reine Pomare IV, plaçant *de jure* l'île de Tahiti sous la protection du royaume de France.

Charles-Auguste avait également laissé une petite littérature sur des questions d'ordre théologique, et notamment une relation épistolaire avec certains frères missionnaires de l'ordre de Picpus, installés depuis peu dans la région aveyronnaise. Sa foi catholique comme sa volonté de prospérer (le commerce de la nacre prenait son essor) l'avaient poussé à s'établir aux Gambier, sur ces terres promises à l'avènement du paradis terrestre – du moins celui des catholiques, conformément à la volonté du Saint-Siège d'évangéliser cette partie du monde et d'en confier sa bonne marche au père Caret, picpucien bombardé pour l'occasion du titre ronflant mais évocateur de « Préfet apostolique de l'Océanie du Sud ».

Quoi qu'il en soit, la famille sut prospérer rapidement, accroître ses concessions et son domaine, qui finit en moins de vingt ans par s'étendre sur plusieurs centaines d'hectares. Le trisaïeul semblait bien avoir réussi son pari en redorant en lettres d'or et de nacre le nom des siens. Naturellement, sa fortune considérable avait attisé les jalousies. Le personnage était devenu l'objet de nombreuses légendes, colportées par les voyageurs de passage. Des esprits chagrins y voyaient une réussite surnaturelle, pour ne pas dire diabolique, ce qui tranchait avec la profonde piété du chevalier. Celui-ci avait d'ailleurs, tout naturellement, tissé des liens avec les missionnaires établis sur l'archipel. Liens qui se raffermirent sous le Second Empire, puis paradoxalement sous la Troisième République laïcarde, les Clairvoye faisant peu de cas des bouleversements politiques en métropole, pensés et décidés au sein des cercles feutrés parisiens. Ainsi, l'église de Taravai, la cathédrale ou le couvent de Mangareva avaient été érigés, en partie, grâce à leur généreuse contribution.

Quelques générations plus tard, la famille avait versé dans la culture des perles, récoltées depuis la nuit des temps au fond de l'eau par des plongeurs expérimentés. Mais peu d'huîtres fournissaient spontanément la précieuse gemme. C'est l'intervention humaine, le placement d'un noyau et d'un greffon, qui avait marqué le passage à la perle de culture, au début du XXe siècle. La technique de greffe avait évolué au fil du temps, en particulier lorsqu'on s'était aperçu que le greffon conditionnait le lustre et la couleur recherchée. Les Clairvoye, voyageurs infatigables, avaient largement participé à l'essor de la perliculture, en empruntant notamment à l'Asie des procédés spécifiques afin d'obtenir la fameuse *poerava*, cette perle noire si caractéristique des Gambier.

Aujourd'hui, les Mangaréviens vivaient littéralement des perles et dans les perles. Lorsque j'arpentais les rues ou déjeunais dans des pensions de famille, je ne me lassais jamais d'admirer les multiples vases et récipients qui ornaient les tables, les armoires et les commodes, tous remplis de « rebuts », ces perles difformes juste bonnes pour la décoration ou pour jouer aux billes.

Ce n'est que le matin du quatrième jour que la Providence frappa à ma porte et me tira de mes recherches. En franchissant le seuil de la brigade, Jacques Paeamara m'informa qu'Antoine de Clairvoye, ivre au volant de son véhicule, avait été arrêté lors de la dernière patrouille de nuit. Au cours du contrôle, plusieurs sticks d'herbe et autres pipettes de tabac avaient été retrouvés, à peine dissimulés sous le siège passager avant. Rien de bien palpitant en somme, jusqu'à ce que l'adjudant me brandisse sous les yeux un scellé. Il s'agissait d'une croix, découverte dans la boîte à gants. L'objet était lourd et relativement grand, de la taille d'une main. Mélange de pierre de lave et d'onyx, elle était incrustée de nacres, gravée d'inscriptions et travaillée de manière artisanale : aussi singulière et identifiable que nous l'avait précisé le diacre.

Antoine devenait officiellement notre premier suspect. Le lien entre la croix et le crime était ténu mais, conjugué au flagrant délit d'usage de stupéfiants, il rendait possible une perquisition chez les Clairvoye.

Situé au pied du mont Mokoto, le *fare familial* était une grande demeure du milieu du XIXe siècle, d'inspiration néoclassique italienne, s'étendant sur deux niveaux. Construite presque exclusivement en teck, elle était ceinte d'une double galerie à colonnades, typique des maisons coloniales. Posée sur un vaste jardin, marquant indéniablement la réussite sociale et le poids du clan, elle détonnait dans le paysage des Gambier, et conservait un charme et une prestance coloniale indéfinissables.

Mais son emplacement n'avait pas été choisi au hasard : les murs édifiés sur un site sacré n'avaient pas manqué d'alimenter les superstitions. J'avais découvert que, à l'époque, une partie de la population restée soucieuse de vénérer les anciens dieux s'en était émue auprès du roi Maputeoa Ier, alors tout jeune converti. Le roi, peut-être mal conseillé, avait fait la sourde oreille et chassé les plaignants, en répudiant publiquement la religion de leurs ancêtres. Sa décision avait été lourde de conséquences. Un an plus tard, il était mort brutalement. Cette histoire tragique, maintes fois déformée, s'était transmise au fil du temps, forgeant la légende d'une malédiction familiale autour des Clairvoye.

Nous convoquâmes Antoine à la brigade, le matin même. Mal fagoté, blond, les cheveux filasse et le teint un peu jaune, il ressemblait à ces navigateurs épuisés qui reviennent du bout du monde. Il ne paraissait, cependant, pas surpris. Souvent invité à venir témoigner ou s'expliquer devant les gendarmes, il avait intégré certaines parties du code de procédure pénale, en particulier les faibles risques que couraient de simples petits toxicomanes. Sans se montrer condescendant, et malgré son laisser-aller physique, il y avait de la suffisance dans sa manière de s'exprimer, un trait peut-être caractéristique de sa lignée.

Antoine était un consommateur de *pakalolo*, tout comme une grande partie de la jeunesse de Polynésie. Il affirmait ne pas avoir touché à des drogues plus dures, et certainement pas à l'ice. Sujet à de violents maux de tête, le *paka* le calmait et c'est ce qu'il recherchait. Il s'était installé une serre pour sa consommation personnelle et s'était découvert une passion pour l'hydroponie. En clair, il ne trafiquait pas. Pas besoin. Il se contentait de fumer et n'était pas inquiet des éventuelles retombées de la justice, qu'il qualifiait à juste titre de *foraine*.

C'était en effet une autre spécificité du territoire polynésien, morcelé par ses innombrables îles : le tribunal de première instance se déplaçait hors de son siège de juridiction, afin d'éviter aux justiciables d'être obligés de se rendre à Tahiti. Il devenait, par conséquent, un *tribunal forain*. Mais l'archipel des Gambier était si éloigné et isolé que les Mangaréviens n'avaient pas vu la robe d'un magistrat depuis cinq ans. La réponse pénale pour des faits mineurs devenait *a fortiori* aléatoire, voire dans certains cas inutile.

À propos de la croix, en revanche, Antoine changea de ton, notamment quand nous lui indiquâmes son origine et la présence du chapelet sur la scène de crime de l'un de ses amants. Visiblement étonné de la nouvelle, il s'interrogeait surtout sur les éventuelles déductions que nous pouvions en tirer. Nous sortions du cadre de ses petites *fumettes* pour basculer dans l'homicide volontaire et le sordide. Aussi, ne perdit-il pas de temps à mégoter et joua-t-il franc jeu :

« Oui, j'ai fréquenté Mo'. Ça a duré quelques semaines, un mois peut-être, mais je n'en savais rien pour Akamaru et le chapelet… Mo' était juste un partenaire – enfin un *sex-friend*, c'est tout. Un coup rapide, sans amour, sans lendemain, rien de sérieux.

— Parlez-moi d'Akamaru. Pourquoi avez-vous décidé de l'envoyer là-bas ?

— Mo' était mon meilleur plongeur et il possédait un œil d'expert. Il avait pris l'habitude de travailler sur les différentes concessions. C'était lui, du reste, qui avait remarqué la croissance anormale des nacres… Akamaru reste la seule concession encore vraiment exploitable depuis la dégénérescence du lagon ; je voulais que Mo' s'occupe personnellement de ces lignes.

— Logique. Mais, selon certains témoins, vous l'accompagniez vous-même. Pourquoi cette marque d'attention s'il n'était qu'un simple "amant" parmi d'autres ? »

Antoine prit un air vaguement gêné et expira doucement avant de répondre :

« En fait… comment dire ? Depuis quelque temps, Mo' était devenu étrange, presque effrayant, ce qui perturbait les ouvriers.

— Mais encore ? Pourriez-vous préciser ?

— Difficile d'expliquer. Il venait au travail par intermittence, sans donner d'explications. Quelque chose en lui avait changé, pas physiquement mais mentalement. Je pense qu'il me fuyait mais sans savoir pourquoi.

— Peut-être fuyait-il votre relation ?

— C'est ce que je pensais au début, mais ce n'était pas ça. J'avais l'impression qu'il était gêné par ma présence. Il disparaissait dès que j'arrivais sur une concession. J'ai bien essayé de lui parler mais son discours était incohérent. Il parlait peu et, lorsqu'il se confiait, c'était pour me soutenir qu'une présence lui "dévorait la tête", en mélangeant ça avec des histoires de famille, des problèmes avec son père notamment… À la fin, cela devenait un peu compliqué, je l'ai forcé à prendre du repos et à en profiter pour se faire suivre à Tahiti.

— Vous a-t-il écouté ?

— Non, je crois qu'il a simplement réglé des problèmes avec son paternel, mais rien de plus. J'étais pourtant prêt à prendre ses frais en charge.

— C'est charitable de votre part !

— Ne vous y trompez pas, cela n'a rien à voir avec l'amour du prochain : c'est juste que je voulais préserver la santé de mon meilleur plongeur !

— Quand l'avez-vous vu pour la dernière fois ?

— Il y a peut-être une semaine, à Rikitea… Ensuite plus rien jusqu'à la découverte de son corps, à Taravai. »

Je lançai un regard furtif à l'adjudant, qui retranscrivait l'audition. Il me répondit par un hochement de tête. Tout était noté, je pouvais continuer et passer à un autre sujet.

« Très bien, maintenant qu'avez-vous à dire à propos de cette croix ? »

Je présentai à Antoine le scellé. Le suspect le prit dans ses mains, le scruta et le manipula plusieurs fois. Visiblement, il paraissait presque surpris de ma question.

« Sincèrement, je ne sais pas quoi vous dire… Je me rappelle l'avoir découverte chez moi, au pied d'une bibliothèque. J'ai pensé que c'était un objet issu d'une collection de mon père ou de l'un de mes ancêtres… Je ne me suis pas trop posé de questions, j'ai dû la fourrer machinalement dans la boîte à gants alors que je partais pour une concession.

— Selon nos informations, il est probable que ce soit Moetini, le dernier détenteur. Étrange, non ? N'est-il pas venu chez vous ?

— Impossible ! répliqua Antoine immédiatement.

— Pourquoi ?

— Je me suis toujours fixé comme règle de ne jamais ramener mes fréquentations chez moi ; ma sœur pourrait vous le confirmer. Par ailleurs, vous devriez savoir que le *fare* des Clairvoye, victime de sa légende, effraie plus qu'il n'attire.

— Je m'inquiète moins des légendes que de comprendre comment cette croix est arrivée entre vos mains… Vous ne voyez aucun inconvénient à ce que nous vous raccompagnions chez vous ? Ce sera l'occasion d'arracher quelques plants illicites et de nous montrer l'endroit précis où vous avez découvert l'objet.

— Volontiers ! » me répondit Antoine d'un ton presque suffisant.

Pendant le trajet, je décidai de m'occuper de la demeure avec deux gendarmes, tandis que l'adjudant, accompagné d'un réserviste recruté pour l'occasion, se chargerait des extérieurs. L'objectif était de terminer avant la tombée de la nuit pour éviter, dans le cas contraire, le déploiement d'une logistique dont nous ne pourrions jamais bénéficier.

En remontant l'allée principale, je pus admirer le majestueux jardin qui bordait la propriété. Aux goyaviers, pamplemoussiers, manguiers, avocatiers, papayers et autres bananiers, somme toute classiques pour le touriste passablement averti, répondaient des espèces plus inattendues comme des caféiers et d'immenses litchis. Témoins des siècles passés, enracinés profondément, des ficus, des arbres à pain et de gigantesques flamboyants auraient pu nous permettre de fuir la chaleur accablante que nous subissions.

L'entrée principale de la maison débouchait sur un vestibule à double ouverture faisant communiquer le côté cour avec le jardin. Une vaste salle à manger s'offrait à nous, contiguë d'un office associé aux cuisines. Un large couloir permettait de se rendre au salon-bibliothèque et desservait également le bureau du maître des lieux, ainsi qu'un cellier. Sur le strict plan de la décoration, notre perquisition valait bien un voyage dans le temps. À l'exception d'une touche de modernité pour les appareils électroménagers, tout nous ramenait irrémédiablement au Second Empire. Seule incongruité dans ce décor, les divers objets tribaux placés çà et là. Des armes, des rames, des coffres, des plateaux, des parures, des bijoux, chefs-d'œuvre des artisans de Polynésie et autres régions reculées du Pacifique Sud.

Antoine de Clairvoye, esthète à ses heures perdues, tenta de m'expliquer l'origine et le style de chaque meuble, mais je l'écoutais à peine, trop appliqué à ne rien briser qui eût de la valeur.

À l'étage, je retrouvai les gendarmes de la brigade occupés à fouiller une chambre, sous le regard inquisiteur d'une domestique un peu revêche. Elle maugréait en dialecte local avant de renifler, par intermittence, dans un mouchoir en tissu flétri.

Cette chambre était manifestement celle de Pauline de Clairvoye. Les recherches ayant déjà commencé dans les armoires, j'en profitai pour m'approcher d'un secrétaire qui trônait au fond de la pièce, et dont l'esthétique rappelait les meubles à secrets du début XIXe. Il n'était pas fermé, à l'exception du tiroir principal. Différents livres, écrits dans différentes langues, y étaient regroupés, tous ayant trait aux mythes et légendes de la Polynésie. Après avoir inspecté des tiroirs secondaires, remplis de bijoux, je décidai de les ôter. Au fond de l'emplacement, je tressaillis, mes doigts ayant détecté un petit mécanisme, une cordelette qu'il s'agissait de tirer pour déverrouiller le compartiment principal. Pour tout bon amateur de vieux meubles, je dois avouer que le stratagème était connu.

Le tiroir s'ouvrit mécaniquement, il renfermait divers papiers griffonnés à la hâte, sans grande importance. Seul un carnet de notes attira mon attention. Il s'apparentait à un journal intime, mais son contenu était indéchiffrable. Des lignes de lettres de différents alphabets côtoyaient des chiffres et des signes. Sûrement un code que l'héritière avait dû inventer, adolescente, pour préserver son intimité. En le feuilletant rapidement, je découvris aussi des notes qui suggéraient des références à d'autres ouvrages, mais sans qu'il me soit possible de les identifier. Avant de descendre rejoindre Antoine, je remis le journal à sa place et pris soin de refermer le secrétaire.

Je retrouvai Clairvoye dans le salon. Son tapis rouge sang, sa grande bibliothèque en bois massif, son échelle en bois qui permettait d'accéder aux étagères les plus hautes, la palette de couleurs qu'offrait le déroulé des tranches des livres, transformaient cette pièce en une version miniature des imposantes salles de lecture de nos palais nationaux. Aux romans de littérature classique se joignaient des monographies d'art et d'histoire, des textes scientifiques et les multiples tomes d'une vieille encyclopédie. D'autres ouvrages classés par spécialité composaient un mélange hétéroclite. À la physique, la mécanique, l'agronomie ou la botanique, venaient s'ajouter plus curieusement des livres de théologie, de symbolisme, de spiritisme, d'ésotérisme, voire d'occultisme. Les noms étaient évocateurs, comme *Le Mythe des goules* de l'écrivain perse Oshnar al-Attar ou *Les Cultes dévoyés de l'Afrique occidentale* d'un certain Werner von Kleist. Sur les étagères et tous les meubles, s'accumulaient aussi un tas d'objets loufoques. Certains visiblement antiques, d'autres plus modernes. Enfin, d'étranges sculptures de bois et d'os, disposées un peu partout, attiraient le regard. Leurs formes rappelaient des animaux marins ou terrestres, mi-hommes mi-animaux, parés de tatouages tribaux ou de signes plus ésotériques, comme ceux utilisés par certaines sociétés secrètes. Sans paraître hideuses, ces sculptures n'en étaient pas moins monstrueuses, ce qui me laissa songeur sur leur intérêt décoratif et fit visiblement sourire notre hôte.

«Je comprends votre étonnement. Moi-même, petit, elles me terrifiaient… Malgré leur apparence, mon père y était très attaché et nous n'avions pas le droit d'y toucher. Il disait que mon trisaïeul les avait rapportées au fil de ses voyages et que toutes possédaient une valeur inestimable. Amoureux du Pacifique Sud, il était également l'auteur de nombreuses études de géographie ; certaines font encore autorité dans les cercles universitaires spécialisés… »

Antoine en profita pour me présenter son ancêtre.

Cloué au mur du couloir principal, figé dans un cadre baroque dont la dorure s'écaillait, le chevalier Charles-Auguste de Clairvoye semblait lutter avec force contre les outrages du temps. Représenté de trois quarts, l'allure hautaine, le nez aquilin, les joues creuses, le regard sévère, il portait une veste sombre avec une cravate blanche qui cachait le col de la chemise et un gilet orné de discrets boutons dorés. L'homme était plutôt laid, du moins si je devais le juger selon nos critères modernes. Sur le cadre étaient peintes les armoiries familiales d'azur au chevron d'or accompagnées d'un heaume présentant son profil droit. Son arrière-petit-fils confirma ce que j'avais pu lire sur le personnage. Craint des Mangaréviens, connu pour son caractère irascible, il avait laissé l'image d'un homme étrange, pourvu d'une intelligence supérieure mais incapable d'empathie, ce qui jurait avec sa profonde piété. Accroché à son clou, le chevalier semblait encore surveiller sa demeure et sa descendance. Peut-être, me disais-je, qu'il s'agissait d'une subtile marque de vanité des grandes familles que de figer ses membres pour l'éternité.

Antoine de Clairvoye n'échappait pas à la règle. Il n'était pas peint, bien entendu, mais photographié dans un costume moderne, taillé sur mesure, et dans une position un peu dandy qui laissait apparaître son meilleur profil. Le portrait était accroché non loin de celui d'une jeune fille, dont la beauté virginale n'était pas sans rappeler, malgré tout, quelques traits du trisaïeul.

« C'est ma petite sœur, Pauline... Ne vous fiez pas à son joli visage et à son air d'ange, elle est tout à fait redoutable.

— Elle ne vit pas avec vous ?

— Non, elle passe la majeure partie de son temps à Tahiti. Elle vient d'ailleurs tout juste de repartir. Depuis que nous avons repris le flambeau, elle se charge de la partie négociation et vente, alors que je surveille les récoltes. »

Antoine ne tarissait pas d'éloges sur elle. Pauline s'avérait une redoutable négociatrice et jouissait d'une certaine notoriété, notamment parce qu'elle maîtrisait plusieurs idiomes asiatiques, ce qui était particulièrement rare. Généreuse, affable et proche des ouvriers de son père, elle n'avait eu aucune difficulté à grandir parmi eux, à intégrer leurs us et coutumes et à apprendre la langue des greffeurs chinois, venus travailler sur les concessions. D'après son frère, c'était elle qui portait haut et fort la réputation de la famille. Je profitai de ces instants de confidences pour combler certaines de mes lacunes :

« Vous étiez très jeunes, lors du décès de vos parents ?

— Effectivement, trop jeunes ! Après le départ de notre nourrice...

— Egaratia Salmon ?

— C'est ça ! Je vois que vous êtes déjà bien renseigné...

— C'est mon travail, répondis-je avec vivacité. Savez-vous où elle réside aujourd'hui ?

— Non, je n'ai plus aucune nouvelle d'elle depuis son départ, peut-être deux ou trois ans après l'accident. Nous avons alors été placés dans une famille à Tahiti, des relations de mes parents. Notre patrimoine a ensuite facilité les choses. Il nous a notamment ouvert les portes des internats pour gosses de riches et des universités aux frais d'entrée exorbitants.

— Puis retour aux Gambier ?

— Oui, ma sœur et moi sommes viscéralement attachés à ce bout de terre, comme si un lien magique nous y ramenait inéluctablement… »

Je laissai Antoine à ses souvenirs mais, avant que nous quittions les lieux, je lui demandai de me préciser l'endroit où il avait trouvé la croix. Nous revînmes dans le salon, face à la bibliothèque. Il l'avait découverte là, au sol. Il avait d'abord pensé qu'elle s'était détachée d'une sculpture quelconque, sans y prêter plus attention. Étant donné le nombre d'objets de collection qui s'entassaient là, je n'avais pas de mal à le croire.

La perquisition au domicile Clairvoye ne s'était pas révélée à la hauteur de mes attentes, mais m'avait permis de satisfaire ma curiosité grandissante. Seuls le jardin et la serre privée avaient offert une moisson de plants de cannabis, saisis et, une fois séchés, voués à la crémation. Il nous parut donc logique de rendre le chapelet et sa croix au diacre. Manipulé par d'innombrables mains, l'objet de culte n'avait plus grand intérêt sur le plan judiciaire.

À cette nouvelle, André Maputeoa, visiblement enthousiaste, nous donna rendez-vous à la cathédrale.

« Au nom de toute la communauté, mon capitaine, je vous remercie. C'est une grande nouvelle... Jacques m'a précisé les démarches que vous avez effectuées en notre faveur et je vous en suis extrêmement reconnaissant.

— Je vous en prie, mais puis-je en profiter pour vous poser une dernière question ? »

Le diacre, avant de me donner sa réponse, se signa, embrassa la croix et la déposa sur l'autel. Puis, joignant ses mains, prit une pose réflexive.

« Je vous écoute, que puis-je faire pour vous aider ?

— J'ai appris que les enfants Clairvoye avaient été élevés en partie par une nourrice, une certaine Egaratia Salmon. La connaissez-vous ? »

À l'évocation du nom, le diacre parut pensif.

« Bien entendu, Egaratia est une bonne chrétienne, originaire de l'archipel... Qu'a-t-elle à voir avec votre enquête ?

— Rien d'important, mais savez-vous où elle vit aujourd'hui ? Manifestement elle semble avoir coupé tout lien avec la famille Clairvoye.

— Attendez... »

Mon interlocuteur disparut un instant dans la sacristie avant de revenir avec un morceau de papier.

« Tenez ! Je vous ai noté son adresse à Tahiti. J'ai parfois de ses nouvelles par l'intermédiaire de sa petite-fille, Apetahi... Mais Egaratia, étant donné son âge avancé, n'est plus trop en mesure de tenir une conversation et s'égare parfois. Je préférerais la joindre au téléphone si vous désirez passer la voir, ceci afin de la ménager.

— Volontiers, mais ne trouvez-vous pas étrange qu'elle n'ait jamais pris la peine de revoir les enfants ou de revenir sur son île natale ?

— Oh, vous savez… Après l'accident, beaucoup de choses n'ont plus été les mêmes ici, et pour beaucoup de monde. Egaratia a peut-être tout simplement voulu changer de vie… Autre chose ? »

L'espoir d'avancer dans l'enquête n'en finissait plus de s'amincir jusqu'à ce que, de retour à la brigade, nous trouvions Simon, le seul policier municipal de l'archipel, qui nous attendait.

C'était un homme affable, fidèle et particulièrement estimé. Ancien chef cuisinier d'un grand restaurant de Tahiti, il avait découvert les Gambier vingt ans plus tôt et s'était attaché aux gens, aux paysages, à la quiétude. Il n'était jamais reparti. Au fil du temps, il s'était forgé un solide réseau d'indicateurs, dont il faisait profiter ses collègues gendarmes. Ses oreilles traînaient un peu partout et captaient souvent les bonnes informations. Aussi nous apprit-il que Ruben Tumarae était bien revenu dans l'île, par l'intermédiaire d'une goélette marchande. Le subrécargue l'en avait informé et la source était sûre. Ruben avait embarqué à Tahiti et était demeuré dans sa cabine jusqu'à leur arrivée à Mangareva, il y avait plus d'une semaine. Se sachant surveillé et peu apprécié des habitants, il avait attendu le départ du navire tard dans la nuit pour débarquer et gagner Taravai – la deuxième plus grande île de l'archipel, et la moins peuplée –, avec sans doute la complicité de ses cousins, les frères Teapiki, deux brutes très défavorablement connues de la brigade. Nous échangeâmes un regard avec l'adjudant, conscients que l'information était d'importance.

Simon, ayant croisé Moetai et Teva Teapiki de retour de la pêche, se proposa de nous accompagner chez eux.

5

La chose dans l'église

La famille Teapiki vivait dans un autre district, au nord-ouest de l'île, et nous dûmes emprunter avec prudence une route émaillée de trous béants et gorgés d'eau de pluie. Nous finîmes par nous arrêter devant un terrain face au lagon, sur lequel étaient implantés trois *fare MTR*, ces constructions typiques, en bois, censées protéger les familles en cas de cyclone.

Les lieux semblaient vides. Pendant que Paeamara et Simon se rendaient directement à la plage, où les frères avaient leurs habitudes, je choisis de traverser la propriété, en progressant prudemment dans ce qui faisait office de jardin. Il n'y avait pas de clôture, seulement quelques arbres en guise de délimitation. Passé une carcasse de voiture, des bidons crevés et un autre tas de ferrailles, je sentis un effluve de cannabis, qui me conduisit vers un amas de tôles. À peine dissimulés dessous, plusieurs centaines de plants de *paka*. C'était toujours ça de pris. Non loin, j'entendais le grognement d'un cochon. La bête, prisonnière d'un enclos, reniflait le sol et donnait des signes d'énervement. Étant donné son gabarit, sa fin était proche.

Plus loin encore, je traversai des fossés à taro, dotés d'un système d'irrigation artisanal. Les insulaires, de manière générale, s'accommodaient à vivre ainsi. Dépourvus de moyens, ils oscillaient entre culture vivrière, pêche, rafistolage, crasse et ingéniosité, mais ne se plaignaient jamais.

Je trouvai l'un des frères Teapiki assis au bord du lagon, en train de s'affairer sur une vieille barque en bois. Des cadavres de bouteilles jonchaient le sol à quelques mètres de lui, ce qui laissait peu de doute sur son état. Quand il me vit, il leva la main en guise de salut et me fit signe d'approcher. J'avançais dans sa direction quand, soudain, je ressentis un choc puissant à l'abdomen et fus projeté au sol. L'autre frère, sorti comme un diable d'on ne sait où et armé d'un lourd tuyau en métal, venait de me frapper avant de se jeter sur moi. Je dois l'avouer, je ne faisais clairement pas le poids face à une jeunesse galvanisée par l'alcool, pourvue de muscles taillés par des années de pêche et de travaux agricoles. Je subissais les coups plus que je n'en donnais, cherchant surtout à protéger mon arme et à me libérer. J'en recevais une autre salve lorsque, subitement, mon adversaire s'écroula à côté de moi, pétrifié, victime du Taser de l'adjudant Paeamara. Comme chaque fois, la décharge de 50 000 volts avait été violente et sans concession. Tandis que mon binôme contrôlait son arme, les yeux fixés sur mon adversaire, j'en profitai péniblement, le temps de reprendre mon souffle, pour l'entraver. L'autre frère, finalement, avait peut-être eu encore moins de chance. Tentant de fuir, il avait été rattrapé par la lourde main de Simon, aussi redoutable que n'importe quelle impulsion électrique.

Une fois qu'on les eut fait asseoir près de leur barque, Moetai, mon agresseur, le plus âgé des deux frères, s'excusa presque instantanément, prétextant qu'il ne savait pas qui j'étais. Je ne portais pas d'uniforme et il avait pensé que j'en voulais à son *paka* quand il m'avait vu rôder autour des plants. En comprenant que nous venions pour leur cousin, Moetai et Teva ne nièrent pas l'avoir aidé mais n'en dirent guère plus. Et ce n'était pas par peur du gendarme ou de leur cousin; ils semblaient presque gênés d'en parler, comme troublés. Après quelques minutes de négociation avec Moetai et l'assurance que je ne porterais pas plainte pour l'agression (je lui retirai ses entraves), il intima à son frère de nous raconter son histoire.

Tout juste libéré de prison, Ruben était bien arrivé il y a plus d'une semaine par le dernier caboteur. Mais ses innombrables dettes comme sa tentative de parricide avaient fini d'affûter les esprits les plus coriaces de l'archipel. Beaucoup cherchaient à en découdre et il se savait recherché. Aussi avait-il préféré se terrer, en attendant que les choses se tassent. À la nuit tombée, il avait débarqué discrètement et rejoint Teva sur le quai. À cet instant du récit, Moetai intervint pour nous préciser qu'il n'aimait pas son cousin et avait donc décidé de l'éviter ce soir-là. Il y avait eu trop d'histoires entre eux depuis leur enfance et il gardait un profond respect pour son oncle, le père de Ruben, qui l'avait en partie élevé.

Le plan du cousin était simple : tenter de rejoindre Taravai avec la barque familiale. Il connaissait bien l'île pour y avoir fait pousser, il y a quelque temps, des plants de *paka*. On pouvait facilement s'y cacher et les rares habitants ne s'y promenaient jamais. Il avait été convenu que Teva passerait régulièrement, au moins au début, toujours en pleine nuit et à des heures indues pour ne pas éveiller les soupçons. Pêcheur émérite, ce dernier connaissait les baies où il était possible de mouiller en toute discrétion.

Lors de sa première rotation, le mercredi soir, tout était normal, nous dit Teva. Il avait retrouvé son cousin à l'endroit prévu et lui avait apporté du poisson et des bouteilles d'eau. Ruben s'était fabriqué un petit abri dans la forêt à l'aide d'un peu de ficelle et du couteau qu'il conservait toujours sur lui. Teva se rappelait avoir dîné avec lui, puis avoir un peu dormi sur la plage avant de repartir. Personne n'avait remarqué sa présence là-bas, ni son absence de Mangareva.

Mais le samedi suivant, les choses avaient manifestement viré à l'étrange.

Le temps était à l'orage. Teva avait préparé des vivres et quelques bouteilles d'alcool. Il n'avait pas eu peur de prendre la mer car, comme tous les pêcheurs confirmés, il connaissait parfaitement le récif. Et, dans le pire des cas, il aurait pu rester camper à Taravai, en attendant une accalmie. Il avait un peu ramé pour s'éloigner du bord et démarrer le moteur loin des oreilles indiscrètes. L'orage s'était apaisé lors de sa navigation et Teva avait mouillé à l'endroit habituel. Cependant, une fois à terre, il n'avait vu personne.

Subitement, le temps avait changé. C'est sous une pluie battante qu'il s'était lancé à la recherche de son cousin et s'était engouffré à travers la forêt, sur une piste qui menait au campement improvisé.

Là-bas, il avait eu beau appeler et faire des signes avec sa lampe, pas la moindre trace de Ruben. Il s'était alors résolu à joindre son frère. Pour atteindre le réseau, il avait dû marcher vers les hauteurs, en bataillant contre la boue. Moetai avait fini par lui répondre, mais ne savait pas quoi faire et ne voulait pas se mêler des affaires de son frère. Il lui avait juste conseillé de poursuivre ses recherches, imaginant que Ruben avait dû partir en direction du village pour tenter de voler des vêtements ou trouver un refuge à l'approche de l'orage. Il fallait le vérifier, mais éviter de donner l'alerte. C'est ce qu'avait fait Teva. Il était descendu discrètement, sous des trombes d'eau, vers le hameau.

Tout était plongé dans le noir. Les grondements du tonnerre et le bouillonnement des eaux du lagon qui semblaient en effervescence facilitaient ses allées et venues. Curieusement, en longeant l'église, il avait été troublé par des éclats de voix, puis des rires. Il lui avait semblé qu'un couple était en train de s'y ébattre, puisqu'il nous jura avoir clairement distingué deux voix : l'une masculine et l'autre féminine. La situation lui avait paru incongrue, étant donné le lieu et la tempête qui s'annonçait. Il avait veillé à ne pas se faire repérer et pris la direction du presbytère abandonné. Là non plus, personne. Et rien du côté du débarcadère, juste une embarcation amarrée. Il la connaissait bien puisqu'elle appartenait à la famille Clairvoye. Elle portait en travers une bande jaune, des deux côtés : aucun doute possible. Aussi s'était-il fait encore plus discret et avait-il continué ses recherches autour des habitations. Rien ne bougeait. À la pluie diluvienne s'ajoutaient de violentes bourrasques et chacun s'était calfeutré. Ne voyant son cousin nulle part, il était remonté au campement.

Avant de s'engouffrer dans la forêt, alors qu'il s'efforçait de retrouver le bon chemin, il nous jura, encore une fois, avoir entendu une série de bruits étranges en provenance du sanctuaire. Mais cette fois, les sons n'étaient plus les mêmes. Malgré la pluie et l'orage, il avait distinctement perçu des grognements, des craquements, des claquements de mâchoire et d'infâmes bruits de succion, comme ceux d'un animal en train de se repaître. Les bruits étaient atroces, à vous glacer littéralement le sang. Pris de terreur, Teva avait couru se réfugier dans un buisson et n'avait plus bougé. Il était convaincu qu'une chose ignoble se trouvait dans l'église et achevait une improbable pâture. Il n'avait pas voulu en savoir davantage. Rassemblant ses dernières forces, il s'était éloigné en rampant à travers la végétation. Il se souvenait parfaitement que, à un moment donné, le fracas d'un verre qui se brisait l'avait amené à accélérer jusqu'à se sentir suffisamment loin pour se remettre debout et courir.

Mais à peine arrivé au campement, la peur l'avait gagné à nouveau. Il avait tendu l'oreille et, cette fois, perçu des bruissements. Il s'était d'abord dit que la chose de l'église l'avait suivi. Avant de reconnaître le son d'une voix humaine, en fait des gémissements. Il s'était approché prudemment et c'est là qu'il avait découvert son cousin, nu, prostré dans une étrange position fœtale. Son corps était recouvert de boue et, par endroits, d'entailles profondes qui s'apparentaient à des griffures. Le regard perdu, il divaguait dans une sorte de transe. Il scandait ou plutôt chuchotait inlassablement la même chose, une phrase en vieux *reo mangareva* : « *Keria io, e tane, te tumu, o te 'enua* », qui n'avait aucune réelle signification, si ce n'est l'ordre de creuser la terre profondément. Ruben tenait fermement son couteau à deux mains, la lame plaquée contre sa poitrine. Une lame, selon Teva, en partie brisée et ensanglantée. Avec d'infinies précautions, il avait pu la récupérer. Paniqué, n'ayant aucune idée de ce qui avait pu se passer, il avait tiré son cousin, au corps raidi et figé comme du bois, sous son abri de fortune. Puis il avait repris son embarcation pour aller chercher Moetai. Entre-temps, afin d'éviter de lui donner des explications, il avait jeté le couteau dans les profondeurs du lagon.

Les deux frères étaient aussitôt repartis sur l'île pour tenter de ramener leur cousin, mais en vain. Au campement, Ruben avait à nouveau disparu. Volatilisé. Les frères Teapiki l'avaient pourtant cherché toute la journée, puis une partie de la soirée. Et ce n'est que de retour à Mangareva, beaucoup plus tard, qu'ils avaient appris la mort de Moetini et les circonstances de la découverte de son corps. Jusque-là, Teva s'était bien gardé de tout raconter à son frère, oubliant volontairement la chose dans l'église et l'épisode de la lame. Mais, quand il avait fini par le lui révéler, Moetai était revenu à Taravai pour reprendre sa fouille, quitte à organiser une battue avec les habitants. Il se souciait peu des élucubrations de son frère et des bruits qui l'avaient terrifié ; en revanche, il connaissait bien son cousin et sa nature psychotique.

Il avait assisté, gamin, à des scènes d'une rare violence et il savait que Ruben, dans ces cas-là, était capable du pire. Lorsqu'il entrait en transe, il pouvait agir avec une effroyable cruauté. Moetai avait donc vite fait le lien entre la disparition de son cousin et le meurtre sordide. Seule notre présence sur l'île avait modéré ses ardeurs : il s'était dit qu'il valait mieux nous laisser faire.

Le lendemain, nous retournâmes avec les frères Teapiki sur l'île de Taravai, à l'endroit du campement. Mais Ruben avait bien disparu corps et âme. Seuls quelques morceaux de tissu furent ramassés au hasard de nos fouilles. Nous suivîmes ensuite le sentier emprunté par Teva, celui qui rejoignait l'église. Effectivement, son récit était précis et il fut possible de retrouver toutes les séquences associées à ses recherches et à son retour mouvementé. En me concentrant sur les endroits par où il était passé, mon regard fut toutefois attiré, à quelques centaines de mètres de l'édifice, par des traces étranges, prisonnières de la boue. Des empreintes difformes, profondes, qui ne correspondaient à rien de plausible. Paeamara me certifia qu'il était impossible d'en tirer quoi que ce soit : entre le passage des chasseurs, des chèvres et des cochons sauvages, ces marques s'apparentaient fort à un amalgame du tout.

L'église était bien sûr toujours sous scellés, conformément aux directives du juge d'instruction. Nous ne pûmes récupérer que quelques bouts de verre en provenance de la fenêtre, ainsi que son chambranle. J'ignorais ce que nous pourrions tirer de ces éléments mais les juges, souvent, affectionnaient les détails.

Puis Teva nous emmena au ponton pour nous confirmer ce qu'il avait vu : l'embarcation des Clairvoye. La famille ne possédait aucune concession sur l'île et, *a priori*, aucune raison de s'y rendre au cœur de la nuit. Certes, la présence de ce bateau pouvait expliquer la façon dont Moetini était venu, mais soulevait d'autres interrogations. Par ailleurs, aucun des habitants que nous croisâmes ce jour-là ne confirma les déclarations du jeune frère. Tous, d'ailleurs, semblaient dubitatifs : qui aurait voulu, ou même pu, rejoindre l'île dans l'obscurité, par temps d'orage ? Il aurait fallu être fou ou idiot pour tenter l'aventure – une description qui, me disais-je, correspondait mieux aux profils de Teva et de son cousin. Quoi qu'il en soit, nos recherches demeurèrent infructueuses. Si Ruben Tumarae n'était pas revenu de Tahiti, c'eût été la même chose.

Un compte rendu fut néanmoins établi au magistrat de permanence du parquet, qui aboutit à l'ouverture d'une enquête pour disparition inquiétante, seul cadre procédural logique. Les déclarations de Teva furent officiellement recueillies, même si le jeune homme préféra taire la présence de la chose dans l'église. Nos réactions prudentes, ainsi que celle de son frère, avaient fini de le convaincre de ne plus en parler. La précision sur l'embarcation des Clairvoye, reportée sur le procès-verbal, nous donnait l'occasion de retourner interroger Antoine. Mais la famille possédait bien plus d'une dizaine de bateaux peints à ses armoiries, d'azur à chevron d'or.

J'insistai aussi pour me rendre à Aukena. Joseph, le père de Moetini, y vivait et son témoignage aurait peut-être l'avantage d'ouvrir une autre piste.

6

Le *Tupapa'u*

Nous atteignîmes Aukena dès la fin de l'après-midi, la clarté demeurant suffisante pour se frayer un chemin parmi les récifs. Avant de rejoindre le point d'amarrage, quelques carangues et autres poissons-perroquets vinrent chatouiller notre coque. De belles proies pour tout chasseur, pieds dans l'eau et harpon à la main, qui n'aurait pas été rebuté par la couleur translucide de leurs écailles et les enflures qui parsemaient leurs corps sans vie. Là encore, les eaux charriaient des cadavres de poissons qu'il fallut écarter pour rejoindre les berges.

À peine débarqué, Paeamara me conseilla de ne pas rester trop longtemps sur l'île et d'embarquer avant le coucher du soleil, ce qui nous laissait une marge d'environ deux heures. Le temps changeant et la mer capricieuse l'inquiétaient, il voulait éviter de tenter l'aventure pour rejoindre la brigade.

À la différence de ses sœurs du lagon, Aukena semblait étouffer sous le poids de diverses plantes invasives, comme si une dégénérescence programmée du biotope accompagnait le pourrissement de ses eaux. Tel du chiendent, de faux acacias et autres falcatas pompaient les sols et formaient une sorte de sarcophage végétal. L'île baignait ainsi dans une pénombre malsaine, à laquelle se mêlait une odeur âcre de fruits pourris et de plantes en décomposition.

Traces anciennes du passage des Pères bâtisseurs, certains vestiges laissaient s'interroger sur la débordante foi des missionnaires ou, au contraire, sur leur mégalomanie cachée. Nous découvrîmes ainsi, après quelques minutes de marche, l'ancien collège des garçons de Re'e. Une ruine que la nature se chargeait petit à petit de faire disparaître, s'infiltrant par les entrées, crevant les pans des derniers murs. Des traces de suie recouvraient encore certaines parties du bâti, témoignant d'un incendie. Paeamara m'indiqua que le collège, en fait une école, avait connu son apogée vers 1860, quand une soixantaine de pensionnaires y suivaient une éducation stricte fondée sur la prière, l'enseignement des Saintes Écritures et l'apprentissage du latin. L'institution se voulait pour les garçons un miroir du couvent de Rouru pour les filles, et la réponse du père Laval au père Liausu, directeur dudit couvent, les deux étant pris dans une forme de rivalité, tant sur l'éducation offerte aux îliens, que sur la primauté de leur fonction au sein de la mission.

Toujours selon l'adjudant, vingt ans plus tard, un incendie avait ravagé le bâtiment du collège et aucune restauration n'avait été entreprise sans que l'on sache trop pourquoi. L'endroit était désormais redouté par les habitants, *tapu*. Ils refusaient d'y venir travailler. L'histoire officielle présentait ce sinistre comme un banal accident. Mais la tradition, passée de bouche en bouche, l'associait à un culte ancestral. L'invocation d'une chose innommable, progéniture dégénérée du dieu *Makuputu*, qui aurait émergé du *Rua-tonupa*, le gouffre insondable. L'entité aurait incité les pensionnaires et les habitants de l'île à la combattre par le feu, ce qui aurait provoqué la fin de l'école. Je m'étonnais que certains puissent souscrire encore à ce type de légende issue d'un autre âge, même si elle ne manquait pas d'inspiration et soulignait ce trait si particulier des populations naïves à se réfugier dans les mythes. Le terrain, laissé à l'abandon, avait été facilement acquis par la famille Clairvoye, qui ne l'avait manifestement jamais mis en valeur.

Non loin du collège, dissimulé sous une gangue végétale, apparut aussi un antique four à chaux. Paeamara m'expliqua comment son fonctionnement avait été affiné par les missionnaires, lorsque l'idée leur était venue d'utiliser des coraux en guise de mortier solide et durable. Toutes les églises des Gambier, comme la plupart des bâtiments de la période évangélique, avaient ainsi été dressées grâce au basalte des roches volcaniques, solidifié par le corail du lagon. Curieux mélange d'éléments de feu et de matériaux aquatiques, bénis par la foi catholique.

En chemin, la pluie et le vent redoublèrent, ce qui nous obligea à marquer l'allure. Le vieux Joseph habitait un endroit facilement accessible mais particulièrement isolé, face au lagon, dans la partie nord-est de l'île. Il s'agissait d'une cabane de pêcheur construite de bric et de broc, en bois, tôles et tout ce que la mer pouvait rejeter d'encore utilisable. Comme beaucoup de *fare* polynésiens, l'ensemble, totalement incohérent, était une insulte à l'architecture, défiait les lois de la physique mais tenait debout par je ne sais quelle magie.

Joseph était en train de vider un poisson. Il maniait avec dextérité un long couteau, prenant grand soin d'éviscérer et de retirer les parties non comestibles, qu'il renvoyait à la mer. Le lagon ayant été abandonné, certains pêcheurs, perchés sur leurs *poti marara*, partaient loin au large pour rapporter des thons, des tazars ou des marlins, qu'ils chassaient dans des endroits sûrs. Leur chair fraîche se vendait à prix d'or, persuadant les moins téméraires de tenter l'aventure. C'était le cas du vieil homme, pêcheur reconnu par ses pairs ; lui ne possédait pas d'embarcation mais offrait ses services depuis qu'il ne pouvait plus travailler sur les concessions. La soixantaine bien tassée, Joseph était un solide gaillard, chauve, les traits burinés, la peau tannée par le soleil. Ce physique et le fait qu'il portait une barbe grise mal taillée lui conféraient une sorte d'aura sympathique difficile à expliquer. L'homme n'avait jamais quitté son archipel, même le temps d'un voyage vers Tahiti. Il assurait, comme passeur, le transfert d'une île à l'autre des plongeurs et des greffeurs des différentes fermes perlières. Tout le monde connaissait le vieux Joseph et le vieux Joseph connaissait tout le monde. Aussi savait-il pertinemment que nous venions pour son fils. Il nous salua d'un rapide coup de tête et entama la conversation avec Paeamara, en dialecte local.

Il nous apprit que les capacités d'apnéiste de son fils, depuis toujours exceptionnelles, l'avaient prédestiné à la collecte des nacres. Néanmoins, comme la plupart des jeunes de l'archipel, Moetini dilapidait son salaire dans l'achat de *paka* et d'alcool, ce que condamnait violemment le pêcheur. Joseph aimait son fils mais ne supportait plus sa « mauvaise vie », dans laquelle il incluait ses relations homosexuelles. À ses yeux contre-nature, elles jetaient l'opprobre sur leur famille. L'existence de Moetini, qu'il jugeait dissolue, le coupait de la tradition et brûlait petit à petit leurs liens.

Il en était pourtant venu à penser que son fils revenait dans ce qu'il appelait le « droit chemin ». Moetini s'était récemment amouraché d'une femme – Joseph ignorait laquelle –, ce qui l'avait empli de joie car il avait pu, de nouveau, espérer devenir grand-père. Et le plongeur s'était montré de plus en plus intéressé par l'histoire de leurs ancêtres et par les traditions de l'archipel. Le pêcheur se rappelait que, quelques jours avant sa mort, son fils était venu l'interroger sur le père Laval et le collège de Re'e. Il cherchait quelque chose de précis, des notes manuscrites laissées par un missionnaire et qu'il savait transmises à leur famille. Joseph connaissait bien ce carnet, hérité de son grand-père, mais n'y avait jamais accordé une réelle importance, tout simplement parce qu'il ne savait pas lire et ne s'encombrait pas de choses inutiles. Moetini avait lourdement insisté pour le récupérer, jusqu'à ce que son père finisse par lui demander de partir. En fait, ajouta-t-il, le carnet devait toujours reposer au sein de l'église Saint-Raphaël. Celle-ci, pas complètement désaffectée, ouvrait ses portes aux rares touristes de passage et à quelques pèlerins. Joseph y faisait tout naturellement office de sacristain et en possédait donc les clés. Il nous proposa de nous y conduire. Le temps virant à l'orage, nous le suivîmes en pressant le pas.

Saint-Raphaël, la plus ancienne église bâtie sur l'archipel, trônait au milieu d'un théâtre de verdure et détonnait par sa simplicité. Seuls sa porte massive et son pilastre cintré, l'œil-de-bœuf qui trônait au-dessus du portail, évoquaient une certaine recherche esthétique. Elle demeurait en quelque sorte un brouillon sur lequel s'étaient exercées les mains des missionnaires bâtisseurs. Joseph ouvrit le sanctuaire et nous amena rapidement dans la sacristie, unique pièce encore dotée de quelques meubles, principalement des coffres en bois. Nous commencions à en fouiller à la hâte les contenus, lorsque le vieux pêcheur nous appela. Il tenait à la main un simple carnet de cuir rouge, qu'il me confia, en me priant d'y faire attention. L'objet, outre son intérêt sur le plan judiciaire, disposait d'une grande valeur historique, voire symbolique. Je lui promis d'en prendre soin et de le lui restituer, une fois notre mission terminée.

Dehors, la pluie n'avait pas cessé et la pénombre gagnait du terrain ; il était évident que nous allions devoir attendre le lendemain pour regagner Mangareva. Joseph nous invita donc chez lui. Peut-être espérait-il que nous en profiterions pour lui faire la lecture de ce carnet qui intéressait tant son fils.

Sur le chemin du retour, quelques bruissements, craquements et d'infimes grognements nous indiquaient, non loin, la présence d'un animal. Je me disais qu'il devait s'agir d'un de ces cochons sauvages qui peuplent les atolls de Polynésie, ou d'un chien errant en quête de nourriture, quand je vis Joseph se figer, le couteau à la main, avant de lancer quelques mots à l'adjudant.

Paeamara me les traduisit : le vieux, avec force conviction, tentait de nous expliquer que la créature, près de nous, n'était pas un cochon, ni même un animal ordinaire.

« Il parle d'une apparition du *Tupapa'u*…

— Qui est… ?

— Dans la tradition polynésienne, c'est une entité malveillante, une sorte de diable qui profite de l'obscurité pour harceler les humains. »

D'après lui, le *Tupapa'u* était apparu il y avait quelques semaines, quand le lagon s'était mis à pourrir. Au crépuscule, certains disaient l'avoir vu rôder à Aukena et Akamaru, associant la rapidité de ses déplacements à ses capacités surnaturelles. Joseph nous précisa s'être confié au diacre sur ces manifestations du *Tupapa'u*, mais Maputeoa l'avait chaque fois renvoyé à des considérations psychologiques et médicales, ce qui l'avait étonné de la part d'un homme de foi. Lui demeurait à l'affût. L'inconnu ne lui faisait pas peur et il était persuadé de tenir le meurtrier de son fils. Depuis l'annonce de son décès, Joseph s'était ainsi retranché chez lui. Il restait serein, mais convaincu que le *Tupapa'u* viendrait le prendre, comme il avait pris Moetini.

Je n'étais pas de nature superstitieuse mais il était évident qu'une bête rôdait. Des petites taches blanches apparaissaient parfois, dans la végétation, comme des scintillements. De retour dans sa cabane, outre les couteaux qu'il fixa à sa taille, Joseph nous montra un vieil et puissant harpon pneumatique, qu'il avait transformé en arme redoutable. Persuadé de la férocité de l'animal, il nous demanda de l'aider, comme il le faisait chaque nuit, à barricader son habitation avec les quelques meubles vermoulus qui parsemaient la pièce.

Si je me refusais à alimenter le délire de notre hôte, il ne fallait pas l'offusquer. Je fis comprendre discrètement mes intentions à l'adjudant : nous jouions le jeu pour donner le change. Paeamara et Joseph poussèrent une vieille armoire contre la porte d'entrée, tandis que je renversais le lit pour bloquer la fenêtre. Au bout de quelques minutes, le plafonnier donna des signes de faiblesse et la lumière devint hésitante. Le groupe électrogène toussa faute d'essence, ce qui sembla inquiéter notre hôte. Paeamara me glissa que, selon la tradition, le seul moyen éprouvé à la nuit tombée pour chasser le *Tupapa'u* était autrefois le feu, aujourd'hui le néon. Il dégagea donc une petite torche électrique de son ceinturon, tenta de la faire fonctionner, jura en tahitien, mais il était clair que l'oxydation avait eu raison des piles. Joseph finit par dégoter une antique lampe à huile, qu'il posa sur une table au milieu de la pièce. À l'extinction du plafonnier, l'objet devint son seul espoir de salut. Il n'offrait pourtant qu'un mince halo de lumière et baignait la pièce dans une atmosphère étrange, propice à un soir de tempête.

Notre veillée dura tard dans la nuit et, luttant difficilement contre la fatigue, je crains de m'être assoupi. C'est Joseph qui me réveilla en me saisissant le bras et en me faisant signe de le suivre, un doigt sur la bouche. La lampe à huile brûlait encore. Je découvris l'adjudant contre le mur du fond, un genou à terre, la main posée sur la poignée de son arme, m'intimant également de ne pas faire de bruit et de le rejoindre. Que surveillait-il ? Je n'en savais rien mais il était manifestement tendu. Soudain, je perçus des grognements entrecoupés d'infâmes borborygmes. Je compris que le rôdeur était proche, si proche que Joseph se cramponnait à son harpon et Paeamara à son arme. J'indiquai aux deux mon intention de me rapprocher de la fenêtre. En rampant prudemment, je pus facilement atteindre le lit que j'avais mis en place pour obstruer l'ouverture. À genoux, à travers les barreaux du sommier, il était possible d'observer l'extérieur. L'orage, intense, tonnait encore et de puissants éclairs martelaient le sol. En un instant je me figeai, foudroyé par une vision fugace qui, encore aujourd'hui, reste gravée dans ma mémoire. L'animal ou plutôt la chose était toute proche, me faisant face. J'observai ses yeux jaunes pourvus d'une pupille verticale, comme les prédateurs qui chassent la nuit. La gueule ouverte, elle humait l'air à la manière des fauves et scrutait nos moindres mouvements. Bipède, d'une blancheur immaculée, presque surnaturelle, elle me fit l'effet d'une créature monstrueuse, fruit d'une engeance dégénérée. Alors que je m'écartais pour rejoindre mes camarades, je sentis le sommier éclater sous une pression phénoménale. Une patte protubérante et griffue essaya de me saisir. Joseph réagit le premier en me tirant vivement par une jambe, ce qui me permit de me dégager et à Paeamara d'ouvrir le feu. Par trois fois, l'adjudant appuya sur la détente, son arme parfaitement alignée sur l'ouverture. Nous entendîmes la bête rugir, éructer de douleur, témoignant de sa nature organique. Elle retira sa patte, qui fracassa ce qui restait du sommier et de la fenêtre. Joseph en profita pour décocher une flèche, avant de brandir son couteau pour fondre sur le monstre. Il ne le trouva pas. Celui-ci, atteint, avait préféré disparaître.

La peau d'albâtre de la créature trahissant sa position, nous nous mîmes aussitôt en chasse, attentifs aux scintillements qu'elle perpétrait à travers la végétation et le rideau de pluie. Nous tentions de la rattraper mais c'était impossible. Elle se mouvait avec une habileté déconcertante malgré ses blessures. Nous la poursuivions comme nous le pouvions, tentant de ne pas glisser ou de nous prendre dans des racines, nous frayant un chemin dans une jungle devenue hostile. Joseph, son fidèle harpon à la main, nous guidait sûrement, parfait connaisseur de son territoire. Revenus sur nos pas, le temps d'une pause près du vieux four à chaux, nous vérifiâmes nos armes et nos munitions avant de repartir en direction du cap Mata Kuiti, la pointe sud-ouest de l'île. Paeamara me précédait de quelques mètres, lorsqu'il me fit signe de me baisser et de ramper avec lui et Joseph jusqu'à une vieille souche. De là, nous bénéficiions d'une vue dégagée sur l'antique tour de guet. Tapis derrière notre frêle protection, nos armes à la main, nous subissions les assauts de la pluie et du vent et assistions, impuissants, à la déchirure du ciel. L'orage tonnait de plus en plus fort, assourdissant, zébrant le ciel de ses frictions de particules puissantes et soudaines.

La nature entière subissait la rage céleste, comme s'il s'était agi de crever l'espace-temps.

Soudain, près de la tour, nous la revîmes, la créature, vision fantastique et cauchemardesque, nimbée d'une lumière spectrale. Monstrueuse comme je l'avais aperçue à la fenêtre de la cabane. Révélant sa nature anthropoïde, mais frappée du sceau de la bestialité. Sa carrure était prodigieuse. Elle devait mesurer bien plus de deux mètres et était pourvue d'une queue comme celle des lézards et de griffes proéminentes. Sa gueule, énorme et corrompue, proche de celle d'un fauve, s'ouvrait et se fermait frénétiquement laissant échapper des hurlements terribles. À cet instant, je me remémorai sans peine la « chose dans l'église », celle qui avait terrifié Teva lorsqu'il cherchait son cousin, quelques jours plus tôt à Taravai.

C'est Paeamara qui, en ouvrant le feu, me sortit de ma fascination. Je repartis aux côtés de Joseph, mais n'avais aucune réelle idée de ce que nous devions faire. L'adrénaline combinée à la peur me plongeaient dans un état d'excitation qui m'était inconnu et m'empêchait de réfléchir. Tant bien que mal, mes jambes chancelantes me portaient vers la bête, tandis que mon instinct me commandait de fuir.

Le *Tupapa'u* perçut notre présence et réagit de manière fulgurante. Il fit un bond prodigieux en direction de la plage, échappant ainsi à notre champ de vision. J'en profitai pour m'engouffrer dans la tour de guet, certes petite, mais qui présentait l'avantage d'offrir des points de vue stratégiques et une vraie protection. Joseph me rejoignit, muet, à l'affût du moindre mouvement suspect. Nous restâmes de longues minutes à guetter mais rien ne réapparut. Nulle trace de la créature qui, encore une fois, semblait s'être évanouie.

Nous nous apprêtions à sortir lorsque nous l'entendîmes, au loin. C'était un son lourd et entraînant, qui se renforçait au fur et à mesure que la pluie et le vent commençaient à faiblir. Une cadence infernale était donnée, qui ne ressemblait à nulle autre. Si je reconnus le son des *pahus*, ces tambours polynésiens qui accompagnaient les fêtes traditionnelles, il m'était difficile de décrire cette musique envoûtante, diabolique, qui semblait commander l'orage. Mon esprit était captivé, angoissé à l'idée d'imaginer quels êtres insanes pouvaient en être à l'origine.

Joseph était de nouveau invisible, tout comme Paeamara. Je tentai de retourner, hagard, à l'abri de fortune qu'avait été notre vieille souche. Mais la noirceur et le rythme entêtant des *pahus* me firent perdre mes repères. Mon pied droit, d'un coup, heurta quelque chose qui me fit chuter lourdement. Je me retournai, affolé, cherchant à distinguer l'objet de ma chute. Et la terreur m'envahit lorsque je compris, tâtonnant dans les ténèbres, que je venais de buter sur le cadavre, rongé et déchiqueté, de mon malheureux compagnon d'armes.

7

Retour à Tahiti

Joseph me ramena chez lui, en me portant littéralement. J'étais complètement abattu par la mort tragique de mon camarade et le basculement dans un monde que je qualifierais d'irrationnel. Il m'était impossible de penser. Je restais figé, perdu. Face à moi, le mur éclaté de la maison du pêcheur portait les stigmates de notre première rencontre avec la créature. Tout était sens dessus dessous, comme les images atroces qui se bousculaient dans ma tête et se mêlaient aux souvenirs les plus noirs, que je m'étais efforcé jusque-là d'oublier. Lorsque, en Afghanistan, j'avais pénétré, hagard, dans une école éventrée par les bombes, jonchée de petits cadavres mutilés.

Joseph, imperturbable, partit chercher le cadavre du malheureux Paeamara, qu'il enveloppa dans un drap. Il disposa le corps sur la table, tentant de lui offrir une position respectable malgré les lambeaux de chair qui se décollaient de la carcasse et la profonde éventration qui laissait apparaître une grande partie des viscères. L'adjudant avait été tout bonnement dépecé. Ce cauchemar éveillé semblait pourtant n'avoir aucune prise sur le vieux pêcheur, si ce n'est que, déjà peu enclin à converser, il était devenu mutique, me faisant comprendre ses intentions par des gestes et des hochements de tête.

Il était temps de rentrer à Mangareva avec le mort. Le lagon avait retrouvé son calme, la pluie avait cessé. Joseph pilotait, son harpon toujours près de lui, scrutant l'horizon, à l'affût. Il savait pertinemment qu'il n'était pas fou, que la bête qui rôdait la nuit possédait un lien avec sa famille, sans pouvoir l'expliquer. Tout le long de la traversée, je repensai moi aussi à cet adversaire hors du commun. La créature, aussi surnaturelle qu'elle puisse être, me laissait néanmoins une impression familière que je n'arrivais pas à déterminer, comme ces sensations de déjà-vu avec lesquelles la mémoire pouvait nous jouer des tours. Débarqué sur le ponton de la brigade, Joseph me fit un dernier signe en soulevant ses sourcils, comme pour signifier que l'affaire était entendue, qu'il savait ce qui lui restait à faire. Je le vis disparaître en direction de la cathédrale Saint-Michel, un baluchon sous le bras.

Les événements d'Aukena me valurent, en toute logique, un rapatriement d'urgence à Tahiti. Il était bien moins question de bénéficier d'un quelconque soutien psychologique, que de rendre compte des faits à ma hiérarchie, de tenter d'expliquer l'inexplicable et de faire autopsier le corps de l'infortuné adjudant. Deux cadavres, dont un commandant de brigade et un disparu : le bilan pesait lourd pour un petit archipel. En outre, je ne disposais d'aucune piste tangible, excepté une version des faits qui pouvait facilement confiner à la folie. Ce subtil mélange supposait la fin de carrière du bon vieux capitaine Keller.

Mon voyage de retour fut tout de même l'occasion de parcourir le carnet de cuir découvert à Saint-Raphaël. L'objet était grossièrement travaillé mais plutôt bien conservé. Sa fermeture latérale, en laiton, fonctionnait encore. Aucune initiale, aucune gravure ne laissait présumer l'identité de son propriétaire. Quelques volutes sur la couverture lui conféraient un aspect ancien, presque médiéval, tandis que l'écriture à la plume, agréable, révélait l'instruction et la profonde érudition de l'auteur. En le feuilletant rapidement, je compris qu'il s'agissait de morceaux choisis de la vie des missionnaires aux Gambier, vers la fin du XIXe siècle. Le carnet était plus ou moins structuré comme un journal, il consignait et datait certains événements marquants. Un soin particulier était aussi apporté à la description des corvées, des tâches agricoles et des travaux de construction. Cela me donna un sérieux indice sur les fonctions occupées par l'auteur, manifestement un frère convers. Ces laïcs accompagnaient souvent les prêtres dans leur entreprise missionnaire. Beaucoup d'entre eux, anciens artisans, maîtrisaient divers domaines : architecture, maçonnerie, menuiserie, botanique, agriculture ou agronomie. Il aurait été impossible, pour l'Église, d'évangéliser sans ces hommes qui, relégués aux tâches manuelles et subalternes, ne soutenaient pas moins l'œuvre de Dieu.

C'est lors d'une lecture plus attentive que je compris enfin l'intérêt du carnet pour Moetini, et le soin des missionnaires à dissimuler ce manuscrit au fin fond d'une île perdue, dans le coffre d'une petite église oubliée de tous. Certains passages relevaient des observations impossibles, qu'on aurait pu légitimement attribuer à un déséquilibré mental, mais qui pourtant résonnèrent en moi d'une sonorité singulière.

Dans son journal, le 10 juin 1835, le frère convers notait : « *Devrais-je encore écrire ces lignes, en prenant le risque d'être pris pour un fou ? Mais nous avons bien été témoins, hier, d'une manifestation surnaturelle, d'une sorte de signe annonciateur d'un trouble des temps, comme le furent les signes révélés par Notre-Seigneur à Saint Jean Apôtre.*

« *La fille de Matua, le grand prêtre des idoles, baptisée Maria-Anna, était enterrée selon le rite catholique. Une messe solennelle fut célébrée au sein de ce qui avait été leur temple, redevenu pour l'occasion notre église. Puis la procession emprunta le chemin escarpé qui menait au cimetière, afin d'assister à la cérémonie funèbre préparée par Monseigneur. C'est à l'issue de celle-ci, la défunte inhumée en terre consacrée, que survint l'événement étrange, encore rapporté aujourd'hui par les indigènes. Tandis que Monseigneur finissait d'être attentif à l'érection de la croix au-dessus de la tombe, un son tonitruant se fit entendre, qui semblait surgir des profondeurs de la terre.*

« *S'agissait-il d'un appel poussé par un animal ? Car s'il était effroyablement puissant, ce n'était pas d'une gorge humaine qu'il avait été poussé. La stupeur nous gagna un moment avant de laisser place à la peur et à l'incompréhension. Nous décidâmes de redescendre en direction du temple des idoles, probable origine du cri. Les naturels, superstitieux de nature, encore dévoués à leurs anciens dieux, fuyaient déjà, furieux, comme pourchassés par des démons invisibles. Puis, plus rien, plus un bruit, comme si la nature, d'un coup, s'était arrêtée de respirer. Seul le vent était encore perceptible, faisant frémir les branches. Survinrent alors de si violentes rafales, accompagnées de trombes d'eau, qu'elles emportèrent les arbres frêles et les toits des pauvres habitations.*

«Je ne sais quoi penser aujourd'hui, l'appel résonne encore dans ma tête et la réaction des insulaires m'apparaît dénuée de toute logique. Selon l'interprétation du père Honoré, qui possède déjà les ressources nécessaires pour comprendre la langue des naturels, beaucoup veulent y voir un mauvais présage consécutif de la fin des idoles. Car, lors de la Semaine Sainte, comme il aime à me le rappeler, les faux dieux, les tikis *protecteurs, furent jetés au feu. À Aukena, Akamaru et Mangareva, des bûchers furent dressés pour éradiquer les cultes impies. Cette lutte perpétuelle contre l'idolâtrie n'est pas une mince affaire, me précisa plus tard le père François. Il faut s'attendre à des comportements irrationnels à la hauteur des superstitions, avant que les naturels puissent ressentir le profond amour de Dieu.»*

Puis, le 31 mai 1841, le même écrivait: «*Ce dimanche de Pentecôte a été particulièrement funeste, mettant à l'épreuve l'ensemble de notre communauté. Du crépuscule à la nuit la plus profonde, les éléments se sont déchaînés avec une telle violence que nous pensions notre heure venue. Les vagues, furieuses, semblaient submerger la terre tandis que le vent déracinait les arbres jusqu'à fendre la pierre.*

«Nous trouvâmes, en premier lieu, un abri au sein de la cathédrale, abri que nous pensions relativement sûr pour affronter la fureur des éléments. Le toit en pandanus était un possible défaut dans notre cuirasse mais semblait tenir face aux assauts du vent, les chevrons suffisamment résistants pour ne pas être arrachés. Le père Gilbert, préposé à la construction, me faisait pourtant part de ses craintes, quand ce fut l'épouvante. Le vent ne cessait de soulever le toit, le tonnerre grondait et l'eau vint inonder la nef. Chacun partit de son côté, en quête d'un meilleur abri. Je suivis le groupe des pensionnaires du couvent de Rouru, mené par le père Cyprien. Bien m'en a pris, puisque nous trouvâmes refuge au sein de la maison du Roi. Nous fûmes rejoints, quelque temps plus tard, par d'autres missionnaires que le père Cyprien était parti chercher.

«Alors que nous nous préparions à passer la nuit dans la petite maison de chaux, nous ne pouvions nous douter du phénomène étrange auquel nous allions assister. La pluie cessa brusquement, tandis que le vent disparut. L'accalmie soudaine nous précipita dehors afin de nous enquérir de la situation. Nous vîmes alors d'innombrables masses sombres, tombant du ciel, venir frapper le sol. C'étaient des poissons, des centaines et des centaines de poissons, comme s'il en pleuvait. Nous assistions médusés à une inversion du ciel et de la mer, à des forces qui foulaient au pied les lois de la physique la plus élémentaire. La faune aquatique semblait nager, suspendue dans les airs, luttant contre la gravité avant de chuter lourdement. Triste spectacle de voir ces animaux, incapables de regagner l'eau, suffoquer en attendant la mort. Ce en quoi les

naturels ne se firent pas prier pour s'emparer de cette nourriture providentielle. »

Le récit devenait de plus en plus étrange. J'échouai parfois sur des pages parsemées de signes, de motifs inintelligibles, dessinés au fusain et associés à des références en langue latine, parfois en grec ancien ou en *reo mangareva*. L'écriture n'était pas toujours claire et il me sembla qu'elle n'était plus celle du premier auteur. Un autre extrait, qui liait indubitablement le passé et le présent, me glaça le sang. Le 6 novembre 1854, il était noté : « *Alors qu'hier, nous nous réjouissions tous d'avoir entendu pour la première fois la cloche de la cathédrale Saint-Michel, un malheur devait encore nous frapper. Bien après les grandes vêpres, alors que je raccompagnais notre père supérieur sur le chemin de Rouru, une clameur vint, portée par les voix des indigènes visiblement inquiets. Le père Cyprien ne manqua pas de me faire la traduction de paroles plus ou moins sensées. Il semblait qu'au lieu-dit d'Atiahoa, une chose effroyable se soit produite, qui exigeait notre présence.*

« *Arrivés sur place, à la lueur de nos flambeaux, nous la vîmes, pauvre enfant, étendue sur les pierres du* marae. *Son corps avait été mutilé, déchiqueté par un animal. Mais son visage était intact, ce qui nous permit de la reconnaître. Mahine-a-tama, la fille de Ohokehu, n'était plus qu'un amas de chair et de sang dans lequel trempaient certains organes. Ses membres, visiblement arrachés, gisaient çà et là sur les pierres, lui donnant l'aspect d'un pantin désarticulé. C'est le père Cyprien, pourtant déjà bien affaibli, qui se chargea de rapporter son pitoyable corps à l'hôpital. Je partis avec Fabien à la recherche du chevalier de Clairvoye, qui résidait non loin. Outre son renfort salutaire, nous voulions bénéficier de ses talents d'interprète. Malheureusement, les témoignages que nous recueillîmes ne furent pas d'une grande aide. Nos interlocuteurs étaient pétrifiés. Ils tentaient de nous livrer la description de quelque chose sans que nous comprenions bien s'il s'agissait d'un être réel ou d'un esprit éthéré. C'est le jeune Akariki qui, pour finir, nous conduisit vers un champ de taros où nous attendait une autre abominable découverte.*

«Dans la terre, encore humide, nous découvrîmes des traces, des traces horribles et indéfinissables, dénuées de voûte plantaire, les phalanges courbes et le gros orteil divergent, mais dotées de cinq doigts de pied terminés par d'improbables griffes. Ces empreintes étaient profondes, indiquant un poids énorme, de plusieurs centaines de livres, et démesurément grandes. Elles filaient vers la plage, chemin que nous décidâmes de prendre malgré la peur qui nous tiraillait. Nous étions munis de lanternes et armés de gourdins. Urbain de La Tour possédait toujours deux anciens pistolets d'ordonnance, pour l'impromptu, comme il aimait à le rappeler. Le chevalier disposait également d'un petit arsenal. Certains de ses gens, des marins pour la plupart, étaient familiers du maniement des armes. Des naturels vinrent se joindre à nous, équipés de lances et de massues. Malgré toute notre bonne volonté, notre attirail me semblait bien dérisoire, me dis-je, face à la monstruosité qui semblait nous précéder.

«Sur la plage, le calme régnait, tout était désert. Les traces rejoignaient la mer, l'animal s'y était probablement engouffré afin d'éviter toute traque. Nous fouillâmes la plage et ses abords puis des pirogues furent jetées à l'eau

afin de sonder les eaux devenues noirâtres, d'où s'échappait une odeur malsaine. Rien ne fut découvert, comme si rien n'était arrivé.

« Une assemblée se tint dans la maison du Roi où nous attendions, impatients, les constatations du père Cyprien. Malheureusement, notre bon prêtre jugeait ses connaissances en médecine trop limitées. Il nous fit part seulement de ses observations, comme ces morsures taillées dans la chair et dont l'empreinte ne pouvait être rattachée à un carnivore, tout du moins à une espèce européenne qu'il aurait eu le loisir d'étudier. À notre tour, nous lui fîmes part des traces étranges et de nos vaines recherches, de l'éventualité qu'un animal, bipède, puisse se mouvoir aussi aisément sur le sol que dans la mer, malgré sa taille et son poids. Le père Cyprien, qui possédait une vaste culture et était réputé très voyageur, nous indiqua qu'il pouvait s'agir d'une sorte de grand singe, comme il était possible d'en voir dans les forêts tropicales primaires de certains pays d'Afrique. L'animal était connu pour sa force prodigieuse et pour épouser des comportements violents lorsqu'il s'agissait de défendre son territoire ou son clan. Cependant, l'écartement démesuré des mâchoires, les griffes et la perpétration du crime démentiel ne confortaient pas l'hypothèse.

« Mais c'est le récit de certains indigènes encore passablement excités qui nous figèrent d'effroi. Ils rapportèrent une vision terrifiante, celle d'une créature humanoïde immense, peut-être deux à trois fois la taille d'un homme, et dont la peau blanche, pourvue de protubérances abjectes, hideuses, semblait dégager une lumière fantomatique. La chose avait semblé les fixer un moment, grogné plusieurs

fois, puis s'était évanouie dans les ténèbres d'où elle semblait provenir.

« Tous les membres de l'assemblée écoutaient avec attention ce récit, lorsque Potentien Guilmard, l'air grave et le ton sec, s'extirpa de ses gardes pour nous rappeler les paroles de l'Apôtre : "Puis je vis monter de la mer une bête qui avait dix cornes et sept têtes, et sur ses dix cornes dix diadèmes, et sur ses têtes des noms de blasphèmes. La bête que je vis était semblable à un léopard ; ses pieds étaient comme ceux d'un ours, et sa gueule comme une gueule de lion. Le dragon lui donna sa puissance, et son trône, et une grande autorité." Nous savions le père malade et gagné par la folie, mais ces mots nous plongèrent dans une profonde communion. Monta alors une psalmodie de puissantes prières, à laquelle vinrent naturellement se joindre nos hôtes. Ainsi tentions-nous de nous protéger de ce que nous nommions tous, désormais : La Bête.

« Aujourd'hui encore, je frémis et les doutes m'assaillent sur ma volonté de rester aux Gambier. Je tente de dissimuler mon désarroi et m'occupe l'esprit dans nos travaux pratiques pour ne pas inquiéter nos pères. Puissent la miséricorde et l'amour de Dieu nous permettre de surmonter cette épreuve. »

Ainsi, les missionnaires étaient déjà sur les traces de la créature. La description du frère convers ne laissait aucun doute, d'autant qu'il avait tenté d'illustrer son témoignage. En effet, sur un autre feuillet, une ébauche de *La Bête* était esquissée. Le dessin était malhabile mais laissait apparaître les contours de la créature humanoïde que nous avions poursuivie à Aukena. Enfin, à quelques détails près. La gueule, à peine entamée, ne rendait pas la force et la bestialité que j'avais pu observer sur la plage. La queue, comme celle d'un reptile, n'apparaissait pas non plus et il me semblait que les griffes étaient plus acérées. Là encore, je retrouvais tout une série de signes étranges qu'il m'était impossible de déchiffrer.

Si elle n'était pas complète, quelque chose me frappa immédiatement dans cette représentation de la créature. Sa forme ressemblait à s'y méprendre aux effrayantes sculptures observées dans la bibliothèque de la demeure Clairvoye, ce qui ne pouvait être une coïncidence et me plongea dans une intense réflexion tout le reste du voyage. Quel était le lien ? Comment pourrais-je retendre le fil entre le meurtre de la jeune Mahine-a-tama en 1854 et celui de Moetini ?

L'arrivée à Tahiti se fit en douceur, malgré les vents latéraux qui poussaient l'aéronef comme une coquille de noix. À la descente de l'avion, une averse nous accueillit, élément naturel du climat tropical. L'air saturé d'humidité était lourd. Il fallut se protéger comme nous le pouvions pour traverser la trentaine de mètres qui nous séparaient du hangar principal. La pluie dans l'hémisphère Sud n'épargnait personne. Elle s'infiltrait partout, venant gonfler les réseaux souterrains et engorger la terre. Curieusement, elle donnait aux Polynésiens l'idée d'une « saison », en fait, un autre temps que celui figé dans le bleu perpétuel.

Une voiture m'attendait qui me conduisit au commandement de la gendarmerie, avenue Poovana Oopa à Papeete, du nom de celui qui est encore considéré, aujourd'hui, comme le père du nationalisme tahitien.

Anciennement avenue Charles-de-Gaulle, il s'agissait certainement d'un pied de nez à l'illustre militaire.

Le colonel à la tête de la gendarmerie me reçut, accompagné de son second. L'entretien fut, comme souvent, dans le bureau d'un chef, bref. Corpulent, le regard franc, le crâne dégarni, le colonel disposait de la placidité et de la concision qui siéent aux officiers expérimentés. Il ne dégageait pas d'émotion particulière, ne s'embarrassait pas de détails et s'attachait uniquement aux faits. Il disposait également d'une panoplie d'expressions bien senties et caractéristiques du monde militaire. Aussi, sur les circonstances qui entouraient la mort de l'adjudant et l'usage de mon arme, il ne s'étala pas, préférant remettre à l'inspection générale de la gendarmerie la diligence d'une enquête approfondie. J'en profitai pour limiter mon compte rendu à des descriptions sommaires. Mon but était de rendre compte de faits intelligibles et logiques, pas de passer pour un fou. Je décidai de parler d'un animal, sans doute un chien, dont la race demeurait indéfinissable tant sa taille était hors normes, et dont la férocité et le comportement indiquaient qu'il était rageux, du moins dangereux. Nous avions donc pris, l'adjudant et moi, la décision de le traquer, pour l'isoler de la population. Séparé un moment de mon binôme, j'avais bien entendu les coups de feu : je pensais la bête morte avant de constater, malheureusement, que c'était l'adjudant qui avait été attaqué. Afin de ne pas glisser dans l'irrationnel et peut-être pour le préserver, j'oubliai sciemment Joseph.

À l'issue de mon compte rendu, le colonel fit une moue dubitative. Il consigna ses propres notes, puis me précisa que les investigations sur la mort de Moetini se poursuivraient sans moi, la direction de l'enquête étant confiée à mon adjoint. Je fus également invité à poser une dizaine de jours de permission. Il s'agissait, en définitive, d'un vieux réflexe hiérarchique, le temps d'y voir plus clair et d'obtenir des directives de la direction générale. Après le salut de rigueur, je sortis des bureaux de l'état-major pour emprunter le chemin de la section de recherches.

Mon passage à l'unité fut bref, l'heure tardive ayant chassé les derniers traînards. Seul Éric m'attendait pour me donner les derniers éléments, notamment me confirmer l'envoi vers Paris des écouvillons confectionnés sur la scène de crime, et les orientations prises par le juge d'instruction concernant Antoine de Clairvoye :

« Il est inconnu des fichiers et dispose d'appuis politiques locaux, voire nationaux. Surtout, nous n'avons aucun élément réellement à charge contre lui. Pour l'instant, frein de parc du juge, on attend le retour des expertises… Autre chose, le corps de Jacques sera autopsié demain par Frogier, tu te sens de venir ?

— Oui, d'autant que je connais trop Frogier, il va vouloir tous les détails possibles sur les circonstances de la mort avant de tirer ses conclusions. Autant que ce soit moi qui les lui donne… Tu sais ce qui est prévu pour les obsèques ?

— Dès l'autopsie terminée, le corps sera rapatrié à Mangareva où il sera inhumé. »

Je me fis la réflexion que la boucle était, pour ainsi dire, bouclée.

Sur ordre de la commandante de la section de recherches, je dus remettre mon arme à Éric, visiblement plus gêné que moi. À l'instar d'un enfant puni injustement, je tentai de ravaler ma colère car, pour les *gens d'armes*, cet acte est toujours délicat, lourd de significations sur l'état psychologique du remettant et, par voie de conséquence, point d'origine des spéculations les plus folles au sein de l'unité. Mais je me sentais nu sans mon outil de travail. Pire, pour moi qui avais servi chez les paras avant d'intégrer la gendarmerie, il paraissait impensable d'être séparé de cette amie froide mais fidèle, seule capable de répondre à certaines situations inextricables.

Une fois seul dans mon appartement, il me fut difficile de trouver le sommeil. La créature d'Aukena et le cadavre de l'adjudant me revenaient sans cesse à l'esprit, tandis que résonnait le son démoniaque des *pahus*. Terrifié, j'allumai toutes les lumières, persuadé, sans savoir pourquoi, que c'était encore la meilleure chose à faire. Peut-être parce que, le carnet du frère convers à la main, j'appréhendais ce que j'allais y lire.

Les pages s'enchaînaient sur la vie des frères et les singularités de l'existence dans l'archipel, mais sans aucune logique. Je ne constatai curieusement plus aucune mention de phénomènes mystérieux. Par ailleurs, et c'était visible à l'œil nu au niveau de la reliure, des petites déchirures apparaissaient. Deux hypothèses possibles. Soit l'auteur ne s'était plus attaché qu'à évoquer ses tâches agricoles, en continuant à délivrer de précieux conseils sur la préparation des plats locaux, soit des feuillets avaient été volontairement arrachés, ce qui demeurait le plus plausible.

Vautré sur mon vieux canapé, plongé dans mon improbable réflexion, un verre à la main, je contemplais des murs désespérément vides. À l'exception de quelques photos de mes enfants, restés en métropole, il n'y avait aucun autre signe d'attachement. Par amour de mon travail, j'avais perdu celui de ma femme pour laquelle, malheureusement, je conservais une passion immodérée. Les mutations successives, les heures de planque, les milliers d'heures à rédiger des procès-verbaux avaient eu raison de notre mariage. Il m'était impossible de choisir entre deux passions, l'une dévorant irrémédiablement l'autre. Mais le célibat convenait bien à ma nature profondément solitaire. Je ne cherchais rien d'autre qu'à boucler mes enquêtes, à me sentir utile, grisé par le fait de guérir le corps social de ses métastases criminelles. Je voyais ça comme une sorte de sacerdoce, une existence de « moine soldat ». J'étais venu en Polynésie pour vivre autrement, un peu hors du temps. Ce temps qui me manquait cruellement aujourd'hui, avant d'être renvoyé en métropole. Ne serait-ce que pour Jacques Paeamara, je devais poursuivre, aller à la fin de l'histoire, sortir du maelström puissant qui me tirait vers le fond, tout comme ces gorgées de schnaps qui me brûlaient littéralement la gorge et que je m'envoyais sans la moindre envie, pour tenter de noyer mes tourments et de me perdre dans le sommeil.

Mes pistes étaient minces, mais tangibles. Les Clairvoye restaient ma priorité, Antoine en particulier.

Sa nourrice n'habitant pas loin, il fallait que je sache ce qu'elle avait vécu avec cette famille et, surtout, pourquoi elle avait décidé de rompre tout lien.

Après une énième gorgée, je commençai à divaguer. Incapable de réfléchir, la tête lourde, je n'étais plus capable de lutter. Lâchant la bouteille, je m'écroulai.

Quelques heures plus tard, je fus réveillé un peu brutalement par la sonnerie du téléphone. Éric voulait m'indiquer que l'autopsie aurait lieu en fin de matinée et m'offrait de m'accompagner. Je refusai poliment. Je profiterais de cette marche pour rendre une visite impromptue à Egaratia, la vieille nourrice.

Sorti de mon immeuble avenue Sainte-Amélie, je m'engouffrai dans le centre-ville. Papeete ne semblait pas subir les conséquences du phénomène apparu aux Gambier. Comme dans tous les pays du monde, la capitale pouvait vivre sans se soucier de la province. Les rues regorgeaient de monde, les commerces, bien approvisionnés, s'ouvraient à tous et l'insouciance se lisait sur le visage des passants. Seuls, peut-être, les bijouteries et les détaillants en perles pouvaient sentir l'onde d'une crise qui tirait ses racines à plus de 1 600 kilomètres de là. La source avait commencé à se tarir. L'échange de perles diminuait dans le sang lagunaire, le poumon donnait des signes de faiblesse, le cerveau craignait l'hypoxie.

Papeete, c'étaient évidemment la politesse de ses habitants, les *ia orana* qui fusaient, les sourires et les tiares portées sur l'oreille. Mais c'étaient aussi les travers de la société de consommation, les monstrueux véhicules tout-terrain, les embouteillages à n'en plus finir dès sept heures du matin, les immeubles qui avaient poussé trop vite, sans aucune logique esthétique ou pratique.

La vieille nourrice habitait une habitation miteuse, rue Dumont-d'Urville, comme il pouvait en exister un peu partout, disséminées dans toute la ville. Des bâtisses sans âme, entre taudis et cabane de pêcheur rafistolée, accrochées à des petits lopins d'une terre depuis longtemps épuisée. Trois chiens galeux jouaient les gardiens de la minuscule cour dans laquelle je pénétrai. Trop occupés à sécher leurs misérables corps au soleil, ils ne daignèrent même pas lever la tête pour accueillir ami ou ennemi. C'est le bruit caractéristique du portail rouillé et branlant qui fit surgir une jeune femme, la vingtaine, essoufflée, déjà marquée par le surpoids. Il s'agissait d'Apetahi, la petite-fille d'Egaratia, qui ne se montra pas surprise de me voir : le diacre l'avait appelée. Elle me pria de la suivre à la rencontre de sa grand-mère, non sans me mettre en garde :

« Je te préviens, *mutoi*[1], *te mama 'u* perd un peu la tête. Elle a parfois du mal à se concentrer et à se rappeler ce qu'elle vient de faire… Tu vois ! ajouta-t-elle en me désignant une cuisinière hors d'âge, elle vient encore de laisser brûler le *ma'a*… Et ne sois pas surpris non plus, elle ne parle plus que sa langue maternelle. Je pense qu'elle a oublié le français. Je peux te traduire, si tu veux ? »

1. Terme local pour désigner « le policier » de manière générale.

J'acquiesçai rapidement, soulagé d'avoir trouvé une alliée pour affronter la vieille dame.

La maison était remplie de bibelots en tout genre, des colifichets habillant parfois des images de la Vierge ou du Christ. De manière étonnante, cependant, quelques breloques faisaient penser à des grigris indiens, des talismans d'un autre âge, qui juraient avec les représentations chrétiennes. Cette touche de syncrétisme me donna l'impression de m'enfoncer dans la hutte d'une sorcière, comme celle que j'imaginais, gamin, à la lecture de certains contes ou quand mon père, les rares fois où il était présent, s'amusait à me faire peur avec ses histoires fantastiques.

« Ta grand-mère semble particulièrement superstitieuse, pourquoi tous ces objets ?

— *E Pe'i!* Mama a eu une longue vie, tu sais… Elle a rapporté tout ça des Gambier. Je sais pas trop ce que c'est, mais elle y tient beaucoup. Je l'ai toujours vue fréquenter l'église et s'intéresser à tout ça. Elle ne manquerait pas une messe dominicale. *'Ei ia output na te Fatu…*

— *…' E ei to varua ato'a ra*[1]. »

Apetahi sourit et me félicita pour mon accent.

« Croyant ?

— À mes heures ! »

Egaratia se reposait sur une sorte de divan qui faisait également office de lit, voire de table à manger étant donné l'état des draps. Elle m'apparut telle que je me l'imaginais, conjuguant à la fois l'air sévère des *mama* élevées à la dure et cette forte corpulence

1. « Le Seigneur soit avec vous… Et avec votre esprit. »

des vieilles îliennes, dont la masse tentait d'être contenue dans une robe traditionnelle, rouge et blanche, aux motifs d'hibiscus. Ultime coquetterie, la fleur de tiare Tahiti posée délicatement sur sa tête. Prostrée devant son poste de télévision, elle ne nous porta aucune attention. Il fallut toute la conviction d'Apetahi pour la tirer de sa léthargie cathodique.

« Pose tes questions, *mutoi*, *mama* t'écoute…

— Que peut-elle me dire sur la famille Clairvoye ? Pourquoi a-t-elle quitté les enfants après tant d'années au service de la famille ? »

Egaratia resta un long moment silencieuse avant de se lancer dans ce qui s'apparentait plus à un monologue qu'à une discussion. Apetahi m'en fit la traduction au bout de quelques minutes :

« *Mutoi*, ce n'est pas très clair… *mama* précise que ce n'est pas la famille qui le lui a demandé, c'est elle qui est partie. D'après ce que je comprends, elle n'avait pas d'affection pour eux, elle les a toujours trouvés bizarres…

— Qu'est-ce que *mama* entend par bizarres ? »

Sa petite-fille posa lentement la question pour bien appuyer sur le terme. Egaratia joignit alors les gestes à la parole, afin de donner plus de consistance à son récit.

« Je pense que *mama* est un peu folle… je t'avais prévenu. Elle dit que cette famille est malsaine, toujours à traficoter avec des gens peu recommandables, tout en cultivant l'apparence de bons chrétiens. Le père, en particulier, elle l'a vu psalmodier des choses curieuses en se prosternant devant des idoles, des petites figurines de bois. Plusieurs fois, elle l'a vu disparaître “dans la terre” ou “sous la terre”... je ne sais pas trop... *mama* divague... Chaque fois, dit-elle, le père revenait changé...

— ... changé ?»

Egaratia perçut mon air interrogateur et partit dans des explications décousues sur Pierre-Simon de Clairvoye, sur son apparence physique notamment. Elle insinua que son corps ne vieillissait pas malgré les années. Pire, son visage semblait rajeunir et épouser les traits du «vieux chevalier», *celui du tableau...* Pour la mère des enfants, c'était différent. Elle avait sombré dans la folie, clamant des choses ineptes, tant et si bien qu'elle avait été condamnée à ne plus sortir de la propriété familiale, errant parfois dans le jardin, sujette à des hallucinations.

«Sur le vieux chevalier, l'ancêtre, que sait-elle ? demandai-je avec insistance.

— Rien. La famille n'en parlait jamais, comme si c'était *tabu* !

— Alors, les figurines de bois, les petites idoles, que peut-elle m'en dire ?»

Lorsque sa petite-fille lui posa la question, il fut très clair que la nourrice paraissait gênée, jouant avec ses mains ce qu'elle ne pouvait exprimer par la voix.

«*Mama* a toujours été effrayée par ces statues. Elle dit qu'elles sont maudites, sculptées par un dément. Elle ne connaît pas leur histoire mais elle a entendu qu'elles provenaient des Marquises, de l'île de Fatu Hiva. Elle dit que tu dois parler à “Henri”, le sculpteur. Lui te dira les choses.

— Henri ?

— Oui, Henri Kahia. C'est aussi un grand conteur d'histoires polynésiennes. »

Je pris note de l'information et poursuivis la conversation.

À propos des enfants, Egaratia se montra tout aussi intrigante. J'appris d'abord que le fils, Antoine, pouvait entrer dans des fureurs noires, à la limite de la sauvagerie. La vieille l'évoquait visiblement d'un ton dur. L'éviscération ou l'éborgnement, entre autres subtilités, semblaient faire partie d'une panoplie de sévices cruels auxquels il s'adonnait sur les animaux de passage. Avec les années, sa fureur s'était amplifiée. La nourrice m'expliqua que, à plusieurs reprises, Antoine avait tenté de s'en prendre violemment à elle ou à d'autres gamins, parfois retrouvés lacérés ou mordus jusqu'au sang.

« Egaratia possède-t-elle des preuves de ces agissements ? Des plaintes ont-elles été déposées ?

— Non, *mutoi*, *mama* dit que tout ça, c'est vieux… et le père savait soigneusement dissimuler ces choses. L'argent ou la crainte peut tout. C'était une autre époque, tu sais… Personne n'aurait osé braver cette famille et personne ne veut remuer de mauvais souvenirs. »

Sur Pauline, en revanche, Egaratia se montra plus posée, voire secrète. Elle avait saisi le bras d'Apetahi, lui chuchotant presque à l'oreille comme un signe de défiance.

« Pour la fille, *mutoi*, c'est autre chose. Je veux dire : un autre mystère, selon *mama*. »

Je compris que Pauline, à l'inverse de son frère, avait été touchée par une forme de grâce. Elle faisait l'admiration de tous, en particulier de son père – ce qui avait inquiété *mama*, qui avait essayé de lutter contre son influence, convaincue qu'elle pourrait affecter, tôt ou tard, l'innocence de la gamine. Pauline bénéficiait d'une précocité hors normes, elle avait été capable de parler parfaitement à trois ans et d'écrire à quatre. Elle avait développé rapidement son don pour les langues jusqu'à en inventer une qui, selon Egaratia, aurait pu paraître enfantine, si ce n'est que la fillette poussait parfois des cris d'une effroyable tonalité, associés à des symboles étranges. Pour la vieille sorcière, cette famille était maudite, gouvernée par des esprits mauvais.

« Avez-vous gardé des contacts avec Pauline ? Selon mes informations, elle vit à Tahiti, non ?

— Je ne l'y ai jamais croisée. Enfin, pour être franche, je sais que Pauline a déjà tenté de voir *mama*, mais celle-ci a toujours refusé. »

Malgré la disparition tragique de leurs parents (dont elle refusait la thèse de l'accident), la hantise de la nourrice ne s'était pas effacée. Au contraire, elle avait perçu le développement d'une emprise, invisible et menaçante.

Egaratia prononça encore quelques mots avant de lâcher le bras de sa petite-fille et de reprendre sa prostration télévisuelle.

« Voilà, *mutoi*, c'est tout ce dont *mama* se souvient... Son esprit divague souvent... Je ne sais pas si tu as trouvé les réponses que tu es venu chercher, mais tu peux aller à l'évêché, si tu veux. Là-bas aussi, les pères savent beaucoup de choses sur le rôle des Clairvoye. »

Après avoir griffonné quelques notes, je remerciai vivement Apetahi et repris le chemin de l'hôpital. Passé le parking Mamao, je bifurquai avenue du commandant Chessé afin de récupérer et de remonter Prince-Hinoï, l'artère principale, qui conduisait immanquablement vers Pirae, commune-fief d'un autre Mangarévien, animal politique entouré lui aussi de légendes. Il avait enchaîné le *cursus honorum* de maire, député, sénateur, secrétaire d'État, président de la Polynésie française et, au-dessus de tout, était un ami fidèle de Jacques Chirac. Le centre hospitalier, bâti sur ses « terres », demeurait l'un des symboles visibles, parmi d'autres, de son ère victorieuse. Le bâtiment, majestueux d'apparence, dispendieux sans conteste, fourmillait de mille malfaçons. Nombre de maîtres d'œuvre avaient jeté l'éponge face aux désirs du « vieux lion ».

En le rejoignant, je contemplai tous ces jeunes obèses qui arpentaient les rues, se gavant de nourriture grasse, se bouchant les artères à grandes rasades de Coca dans le gosier. Ils étaient recouverts de pansements indiquant, le plus souvent, les marques des dialyses. La vie au soleil possédait aujourd'hui un goût de sucré à l'excès, qui virait au pourrissement. Cette morbidité des rues, conjuguée au massacre irrationnel de Jacques, au cadavre purulent de Moetini, me rappelait que la camarde était partout, me rapprochant petit à petit de l'état d'esprit du poète qui composa le quatrain fatal :

En tout climat, sous tout soleil, la Mort t'admire
En tes contorsions, risible Humanité,

Et souvent, comme toi, se parfumant de myrrhe,
Mêle son ironie à ton insanité[1] *!*

Ainsi je pénétrai, poupée de chair, âme torturée, dans la morgue de l'hôpital où, à travers des couloirs à la décoration aseptisée, loin de la myrrhe et de l'encens, se diffusait un curieux parfum, mélange d'eucalyptus, de Javel, d'excréments et de chair froide.

Anesthésiés, débités sur les tables d'opération, des corps difformes subissaient l'implacable sentence du scalpel, cet outil que maniait si bien le Dr Frogier lorsque j'avançai vers la table d'autopsie.

Le crâne brillant sous la lumière blafarde, l'air chafouin dissimulé derrière ses lunettes rondes, Frogier tournait déjà comme un gros insecte autour du corps de l'adjudant. Au demeurant médecin anesthésiste, il faisait également office de légiste. Connu pour son caractère implacable et ses sautes d'humeur, il terrorisait son personnel, et parfois certains OPJ, non sans subir des remontrances courtoises. Il fallait, comme beaucoup d'hommes de l'art, savoir le remettre à sa place et lui faire comprendre qu'un piédestal ne servait, en général, qu'aux statues.

Apprêté et concentré, il avait déjà commencé à consigner les données anthropométriques du corps de Paeamara. Près de lui Cyril, armé de son appareil Nikon-300. Les deux se connaissaient trop pour avoir besoin de communiquer. Ils se suivaient comme un vieux couple, chacun sachant exactement ce qu'il avait à faire. Malheureusement, la scène de crime d'Aukena

1. Charles Baudelaire, « Danse macabre ».

n'avait pu être figée comme celle de Taravai et il était difficile d'avoir une réelle connaissance des signes thanatologiques. Seuls mon compte rendu et les quelques croquis que j'avais dessinés à la hâte faisaient foi.

L'examen du corps se fit de manière classique. Le tronc, les membres, les plaies et les orifices furent auscultés. Frogier ne laissa rien transparaître lorsqu'il s'affaira près de la tête rongée de l'adjudant. Il prit certaines mesures et poursuivit avec l'examen interne. Le scalpel glissait sur la peau des membres pour inciser au niveau des masses musculaires. Une graisse, bien jaune, apparaissait au fil des crevées, ce qui me dégoûtait toujours autant, depuis la première autopsie à laquelle j'avais assisté. Puis vint l'examen des organes. Au niveau du thorax, Frogier, muni de sa pince costotome, parut décontenancé. Cyril m'adressa également un petit mouvement de tête significatif. Le légiste posa son instrument et plongea directement sa main pour retirer les organes. Cœur et poumons furent pesés et disséqués, certains fragments prélevés. Puis il ausculta et disséqua la langue, l'œsophage, la trachée et les artères carotides avant de s'attaquer à la boîte crânienne. Il tenta tant bien que mal d'en extraire la dure-mère et ce qui restait de l'encéphale.

S'il m'était déjà difficile d'admettre la mort d'un collègue, il était encore plus dur de voir son corps se faire disséquer, malmener par des mains étrangères, fussent-elles celles d'un expert. Je ressentais dans ma chair les coups de scalpel, comme si la bête venait, une nouvelle fois, se repaître de sa dose de viande.

À mes yeux, étendu sur cette table, Jacques Paeamara mourait une deuxième fois.

L'autopsie terminée, Frogier me demanda de le rejoindre dans une pièce attenante. Il me posa une multitude de questions sur la mort violente de l'adjudant. Le légiste avait constaté des éléments hors du commun, comme la cage thoracique qui avait été enfoncée, éclatant une partie des côtes sous la pression. Cela soulignait la force prodigieuse de l'assassin. Quant au crâne, il n'était pas à proprement parler rongé, mais avait été découpé par un objet tranchant, comme une dague effilée.

« Quelques traces laissent supposer des marques de dents, peut-être des molaires. Dans tous les cas, les mensurations relevées et mes constatations ne peuvent coïncider avec un simple chien errant, comme me l'ont rapporté vos collègues. Nous sommes plutôt face à un fauve de grande taille… Qu'en pensez-vous ?

— Peut-être, dis-je sur un ton mal assuré, il faisait nuit et je n'étais pas équipé pour une chasse nocturne. Il m'a semblé poursuivre un chien… »

Frogier, que je connaissais bien, émit son petit bougonnement caractéristique, tout en haussant les sourcils, me faisant ainsi comprendre qu'il n'insisterait pas sur ce point avec moi, mais qu'il n'en pensait pas moins. Le légiste me faisait instinctivement penser au père Cyprien, lorsqu'il avait tenté de déterminer l'origine animale de la créature qui avait attaqué Mahine-a-tama.

Finalement, Frogier déclara que l'adjudant Paeamara avait été tué par une bête sans qu'il soit possible d'en préciser l'espèce. Le médecin me fixa un instant d'un œil torve, puis reprit :

«Je vous précise, tout à fait entre nous, que je vais prendre mon temps pour rédiger mon rapport et l'envoyer au juge. En revanche, je ne pourrai pas passer à côté d'une demande d'expertise vétérinaire pour tenter d'identifier les traces relevées, ce qui va encore rallonger le délai avant de tirer des conclusions. À vous de voir, côté enquête… Je vous tiendrai au courant.

— Je vous remercie. À charge de revanche…

— Oui, disons ça comme ça. Par ailleurs, j'ai également pratiqué l'autopsie de Moetini. La relation entre les deux cadavres n'est pas encore officiellement établie, même si elle paraît évidente de mon point de vue. Le corps du jeune, enfin ce qu'il en reste, était dans un état de décomposition plus avancé, mais les blessures constatées confortent l'analyse.»

Je quittai la morgue en compagnie de Cyril et d'Éric. Je ne leur avais rien confié des événements d'Aukena, non que je ne leur fasse pas confiance mais, remettant en doute ce que j'avais vu là-bas, je préférais ne pas m'étendre sur le sujet. Comme convenu, Éric conservait la direction de l'enquête sur le meurtre de Moetini. Les investigations sur les circonstances de la mort de Paeamara furent, elles, confiées à un autre OPJ de la section de recherches, chargé bien évidemment de recueillir mon témoignage. Éric s'était déjà entendu avec le juge d'instruction pour différer cette audition, le temps que les choses se tassent.

À ce stade, je demeurais un *simple* témoin de la mort de l'adjudant. Cependant, étant donné les doutes sur ma santé mentale, mon humeur instable et ma réticence à parler des faits, il ne se passerait pas deux semaines avant que mon comportement soit jugé suspect.

Je devais me ressaisir pour ne pas sombrer.

8

L'évêché

Sur le chemin du retour, je demandai à être déposé dans le quartier de « la Mission », où se dresse l'évêché de Tahiti. Je m'y présentai en me recommandant d'André Maputeoa, et me dis désireux d'obtenir des informations sur l'histoire des Gambier et l'arrivée des Pères bâtisseurs, grâce aux archives que conservait l'évêché. Monseigneur Marceau pourrait peut-être également me renseigner, s'il était présent et s'il acceptait de me recevoir. Ce ne fut pas le cas mais, par chance, on m'envoya le père François. Féru d'histoire, mélange de bonhomie et de sagacité, l'homme s'était naturellement intéressé aux origines du catholicisme en Polynésie, sans pour autant se considérer comme un spécialiste. Il faisait office d'archiviste et était régulièrement consulté par des universitaires ou tous ceux soucieux de se documenter avec précision sur cette période.

Le père François m'invita à le suivre dans une pièce faisant office de bibliothèque. Comme pour jouer d'un effet au théâtre, il profita de l'occasion pour saisir un ouvrage intitulé *Voyage au pôle Sud*, l'ouvrit à une page préalablement marquée et me lut ce que l'infatigable navigateur Dumont d'Urville avait écrit en 1838 sur ce « tableau touchant » et nouveau des Gambier, qui lui avaient laissé une impression de douceur. Il dériva ensuite vers quelques planches dessinées, illustrant les constructions et vestiges laissés par la congrégation, et insista sur l'ingéniosité dont ses membres avaient fait preuve pour édifier les églises.

Au fur et à mesure de la conversation, j'orientai mes questions sur la conversion des Mangaréviens, la disparition des anciens cultes et les pratiques ancestrales. Malheureusement, le père François avait atteint ses limites et me récita un cantique sur la transformation rapide de cette population, qui avait exigé le baptême en masse, comme guidée par la grâce et l'amour de Dieu.

Pour rassasier ma curiosité, il me conseilla cependant la lecture d'un livre – en fait, la thèse rédigée par le père Honoré Laval, l'un des premiers missionnaires à avoir foulé la terre des Gambier en 1834. Il s'était penché sur les traditions, la culture et la mythologie mangaréviennes afin de figer le passé, en démontrant comment l'ère chrétienne s'était naturellement imposée à l'ère païenne.

Le père François se livra également à une digression intéressante sur cet homme qui, pour lui, restait une énigme :

« Vouant un amour immodéré aux indigènes, le père Laval avait pour seule ambition de leur faire découvrir l'amour du Christ. Profondément attaché à sa foi, il a pourtant été accusé de despotisme et de vouloir établir un État théocratique… À ce sujet, vous avez peut-être entendu parler de l'affaire Laval, qui a fait grand bruit en 1871 et a même été débattue au Parlement ?

— Non, j'en ignorais tout ! Mais, si ma mémoire ne me fait pas défaut, je suppose que, le Second Empire ayant été vaincu, la République naissante a dû rendre un verdict sévère ?

— Bien au contraire ! Figurez-vous qu'il a été blanchi de toutes les accusations portées contre lui. C'est paradoxalement la congrégation qui, pour éviter sans doute toute controverse, l'a condamné. Le bon père a été rappelé par son évêque et déplacé pour "la paix", comme on disait autrefois, sur l'île de Tahiti, où il est mort le 1er novembre 1880. Regardez par cette fenêtre, sa tombe est d'ailleurs visible d'où nous sommes.

— Pourquoi une telle décision ? La congrégation n'avait-elle pas foi dans le verdict, si je puis dire ?

— Pour deux choses. La première concerne le portrait du père Laval dressé par l'enquêteur officiel dépêché sur place et que nous ne pourrions suspecter de déloyauté envers l'Église… »

J'appris qu'il s'agissait du commandant de La Motte-Rouge, un capitaine de frégate, fervent catholique, qui débarqua aux Gambier en février 1871. Dans son rapport, il prit le parti de rendre justice aux missionnaires et à leur œuvre salvatrice, mais tira une étrange conclusion à l'endroit du mis en cause. Après avoir fourragé dans un tas de journaux classés de manière chronologique, le père François en retira une dépêche de 1872, qu'il me tendit comme une relique sacrée :

« Tenez, lisez-le, vous comprendrez mieux. » Je m'exécutai et découvris ceci : « *Esprit dominateur, caractère emporté, isolé du monde depuis trente-cinq ans et entraîné par des idées religieuses exagérées, cet homme veut à tout prix sauver des âmes et, pour cela, tous les moyens sont bons [...] Il craint les Européens pour son œuvre. Il fait tout ce qu'il peut pour les éloigner de son île et les empêcher de voir ce qui s'y passe*[1]. »

Le père François poursuivit son argumentation :

« La deuxième chose tient aux divergences entre le père Laval et le père Liausu, considéré, par la force des choses, comme le père supérieur de la mission.

— N'est-ce pas lui qui a fondé le couvent de Rouru ?

— Absolument ! Les divergences entre ces deux hommes étaient connues. Liausu accusait Laval de s'écarter de la vraie foi, d'user d'une sévérité excessive envers les indigènes, voire de s'adonner à des pratiques dévoyées dans son fief d'Aukena. La congrégation s'est intéressée aux faits rapportés par Liausu mais a été rassurée, semble-t-il, par le chevalier de Clairvoye, figure locale, également fervent catholique, qui a abondé pour un temps en faveur de Laval.

— Pour un temps ? J'ai cru lire que la famille Clairvoye avait toujours été proche de la congrégation, et du père Laval en particulier...

— Effectivement c'est ce que retient aujourd'hui l'histoire officielle mais, curieusement, ce sera ce

1. Extrait de la déposition du commandant de La Motte-Rouge au sujet du père Laval, dans le cadre de l'enquête ordonnée par le Parlement.

même homme – le chevalier – qui, vingt ans plus tard, participera à la disgrâce du prêtre lors de l'enquête officielle menée par le commandant de La Motte-Rouge. La plupart des allégations étaient même de son fait.

— Qu'est-il advenu du père Liausu ?

— De guerre lasse, malade et très affaibli, il a préféré quitter les Gambier en 1855. Il est mort, en France, l'année suivante... Avez-vous d'autres questions ? J'ai encore un peu de temps. »

J'en profitai pour mentionner le nom du père Potentien Guilmard, ce prêtre manifestement gagné par la folie, selon les notes du frère convers. Le père François en parut étonné, comme si j'avais prononcé quelque chose d'iconoclaste. Il prit une longue inspiration et se caressa lentement le menton avant de répondre, le regard dans le vague :

« Ce prêtre devrait rester inconnu. Il a laissé peu de traces et pour cause, puisque la congrégation, sans effacer son nom des registres, a pourtant œuvré pour qu'il le reste.

— Quelle a été sa faute ?

— Ce n'est pas très clair. Nous conservons à son sujet quelques témoignages épars, mais convergents, de missionnaires ou de visiteurs. On le voyait souvent déambuler nu, grommelant des choses sales ou inintelligibles. Il était sujet à de violentes crises de démence et se perdait dans des gestes blasphématoires. Déclaré médicalement aliéné, il a été rapatrié en 1856 mais est mort au large des côtes françaises.

— Étrange que la folie l'ait gagné aussi subitement, non ?

— Selon d'autres sources, Potentien Guilmard avait déjà un peu perdu la tête avant même de débarquer aux Gambier. Son état de santé se serait dégradé quand il était en mission aux îles Marquises. C'est le père Cyprien qui, selon ses modestes dispositions en médecine, a tenté tant bien que mal de lui faire recouvrer la raison. Mais, à son départ, Guilmard n'a plus été que l'ombre de lui-même», précisa le père François en jetant un coup d'œil à sa montre.

Appelé pour un autre office, il me salua chaleureusement et m'invita à rester pour consulter l'ensemble de ses archives. Il m'indiqua également qu'il était possible d'emprunter certains ouvrages, en compulsant le registre prévu à cet effet, mais de ne pas oublier d'y inscrire mon nom et mes coordonnées. L'évêché faisait encore de la résistance en refusant certains codes de la modernité, et en particulier tout ce qui avait trait à l'informatique. Je suivis les conseils du prêtre. La personnalité du père Laval, la démence de Potentien Guilmard, les relations entretenues par la congrégation avec le chevalier de Clairvoye continuaient de m'intriguer. Je restai là de longues heures durant. À travers certains témoignages et des coupures de journaux, les notes laissées par le frère convers prenaient corps. Le cyclone qui avait secoué les Gambier en 1841, par exemple, avait effectivement marqué les mémoires, tant par sa violence que par sa date, qui correspondait au dimanche de Pentecôte.

Il était déjà tard quand, à la lumière d'une lampe faiblarde, je m'attaquai à un autre pan de l'édifice construit par les Pères bâtisseurs. Il s'agissait de l'évangélisation des îles Marquises, moins connue car peut-être moins documentée.

L'espace d'un instant, pourtant seul dans la pièce, mais peut-être parce que le lieu s'y prêtait, j'eus la curieuse sensation d'être observé. Mon esprit me jouait certainement des tours, mais cela faisait quelques jours que j'avais tendance à ne plus m'y fier. Impossible de déterminer l'origine de cette sensation. Je décidai de faire rapidement le tour de la pièce. J'appelai discrètement le père François, en vain. M'approchant d'une des fenêtres, je vis que dehors il faisait déjà sombre. À cettc période de l'année, la nuit tombait vite dans l'hémisphère Sud et j'avais dû consacrer plus de trois heures à la lecture d'une dizaine d'ouvrages plus ou moins historiques. Le jardin de l'évêché baignait dans une lumière terreuse qui renforçait l'impression de confinement et de solitude. C'était peut-être de là que venait cette sensation que j'éprouvais. Le silence auquel donnait accès l'isolement offrait à la conscience une réflexion et des perceptions étranges. Cette solitude qu'avaient ressentie les missionnaires sur leurs îles lointaines n'avait-elle pas pu les mener, eux aussi, à des visions hallucinées ?

Je me tournai alors, comme l'avait fait le père François, vers les planches dessinées qui illustraient les constructions façonnées par les missionnaires. Je découvris des esquisses, des ébauches, voire des plans en perspective des différents bâtiments. S'il était aisé de reconnaître l'église Saint-Raphaël d'Aukena, le couvent de Rouru ou la cathédrale Saint-Michel de Mangareva, certains croquis exécutés à main levée demeuraient déconcertants. L'artiste s'était amusé à dessiner des constructions aux dimensions improbables, mêlant des styles architecturaux avancés à la touche naïve des insulaires. Intitulée « Rêveries des idolâtres », une série de dessins tentait de reproduire ce que les prêtres et devins de l'ancien culte rapportaient de leurs voyages oniriques. Certains monuments, que j'identifiais comme des temples ou des palais, couvraient des *marae* géants, jonchés d'immenses statues de pierre et de *tikis*, vraisemblablement pour mieux souligner la dimension sacrée des lieux. D'autres bâtiments paraissaient de simples habitations. L'artiste avait multiplié les croquis au point d'ériger une véritable petite cité qui me laissa, malgré tout, une impression étrange, car je ne distinguais aucune végétation, aucun élément naturel qui permette de transposer cette ville imaginaire dans l'environnement de l'archipel. Il me semblait plutôt que tous ces édifices faisaient partie d'un monde englouti, comme si le dessinateur avait tenté de faire revivre le célèbre mythe de la cité des Atlantes. Je quittai, amusé, ces curieuses représentations pour reprendre ma lecture.

Au fur et à mesure des pages, je constatai que, à la différence des Gambier, la mission catholique aux Marquises avait été dès l'origine marquée du sceau de l'autorité temporelle. En effet, à peine le contre-amiral Dupetit-Thouars avait-il posé le pied sur la plage de Vaitahu qu'il avait entamé une action radicale de pacification, ou plutôt d'annexion des îles jusqu'à la signature, quatre ans plus tard, de l'acte de possession des Marquises par la France. La sagacité de l'amiral, philippard convaincu, répondait à la volonté du gouvernement de chasser d'Océanie orientale l'influence protestante anglaise.

Tout cela confirmait ce que j'avais retenu de mes recherches sur la famille Clairvoye. Sur fond de lutte politique pour étendre leur pouvoir temporel, catholiques français et protestants britanniques avaient également engagé une lutte pour la foi.

Détail intéressant s'il en était, l'amiral, pour sa campagne des Marquises, s'était appuyé essentiellement sur les missionnaires de la congrégation du Sacré-Cœur de Jésus et du Cœur Immaculé de Marie, non pour convertir mais pour traduire. À ce titre, lors de la signature de l'acte de possession, ce fut l'abbé François de Paule Baudichon, futur vicaire apostolique des Marquises, qui avait été chargé d'expliquer les intentions de la France au roi Iotete. Le père Guilmard y avait également représenté son évêque, avant de gagner les Gambier en 1842. Une trinité de circonstance avait donc pris forme entre la France, les Marquises et l'Église.

Par la suite, la diffusion de la foi catholique au sein de l'archipel semblait, peu ou prou, correspondre à celle des Gambier. Certains écrits témoignaient d'une transformation des modes de vie, interdisant la nudité, proscrivant les tatouages, les chants et les danses païens. Cependant, à la différence d'un père Laval soucieux de figer le passé et la tradition des Mangaréviens, je ne découvris rien de tel sur les Marquises. Le primitif et le naïf semblaient avoir succombé sous les coups du goupillon.

Seul un petit ouvrage retint mon attention. Il s'agissait d'un catéchisme en langue locale, qui tenait aussi du recueil de correspondances entre l'abbé Baudichon et son supérieur général. Le premier, à la veille d'inaugurer son épiscopat, rendait compte de divers événements liés à la vie locale, de ses relations avec les officiers de marine, comme de divergences de point de vue sur l'évangélisation par le biais de la colonisation. Ma lecture se fit plus attentive lorsque, au début de l'année 1846, Baudichon témoigna de la conduite anormale d'un de ses prêtres, un certain Alphonse-Marie Escoffier, perverti par les mœurs païennes et débauché. Il était relativement facile, malgré les circonvolutions littéraires de l'auteur, de comprendre que ce prêtre, l'isolement aidant et les règles abolies, s'était adonné à des actes qui rompaient avec ses vœux de chasteté, de pauvreté et d'obéissance. L'abbé insistait sur la honte qui rejaillissait sur l'ensemble de la mission et toute la difficulté de se réapproprier la confiance des autochtones. Il exigeait ardemment le rapatriement d'Escoffier et des mesures disciplinaires.

Plus intéressant encore, selon le témoignage de l'abbé, Escoffier n'avait pas hésité à vendre aux Européens de passage des fragments de la culture marquisienne, et notamment des sculptures de bois, de pierre et d'os. Je fus saisi d'un frisson, lorsque je lus : « *Voici que je me livre à vous et que je puis vous dire, Monseigneur, toute la joie et la fierté avec laquelle nous exerçons notre ministère pastoral, si tant est qu'il ne soit terni par l'action d'un seul homme. Alphonse-Marie Escoffier, encore lui, continue son commerce auprès des commerçants et marins de tout bord, faisant fi des remontrances et devoirs qui incombent à sa fonction [...].*

L'homme s'est pris de passion pour des pièces païennes, en fait des représentations cauchemardesques de figures à demi humaines, comme nous pouvons en voir dans certaines civilisations antiques [...] Ces pièces, Monseigneur, sont d'un autre temps, et je m'étonne que des hommes comme le chevalier de Clairvoye puissent s'intéresser à de telles breloques. Lors de son dernier voyage au sud, à Fatu Iva, je sais qu'il cherchait, une nouvelle fois, à se procurer certaines reliques, prêt à y mettre un prix considérable. Il est évident que ce commerce perdurera s'il est possible de trouver des acheteurs. Peut-être pourriez-vous intercéder auprès de lui... »

Ainsi me fut confirmée l'origine marquisienne des figurines observées dans le salon de la demeure familiale de Clairvoye, et si semblables à la monstruosité d'Aukena.

Au moment de quitter les lieux, mes ouvrages sous le bras, j'ouvris l'imposant registre des prêts afin d'y consigner mes emprunts. Quelle ne fut pas ma surprise lorsque, consultant les lignes afférentes à mes lectures, je constatai qu'elles avaient aussi intéressé, et de manière régulière, les membres de la famille Clairvoye. Si j'identifiai rapidement la signature d'Antoine, la même qu'en bas du procès-verbal, je remarquai également celle de sa sœur. Le lien n'était donc pas rompu, bien au contraire, il s'affermissait. Manifestement, il restait quelque chose à découvrir autour de ce clan, quelque chose en lien avec l'histoire du chevalier, qui mêlait l'archipel des Gambier à celui des Marquises. L'idée, paradoxalement, me rassura – mon instinct ne m'avait pas trompé –, mais elle grignotait insidieusement mon esprit. Depuis ma confrontation avec la créature d'Aukena, à la lueur des notes du frère convers et de mes récentes lectures, il se brossait une histoire troublante qui virait à l'obsession. Je n'arrivais pas à chasser les images des corps déchiquetés et de la gueule de la bête. Le son des *pahus* résonnait encore dans ma tête, maintenue sous leur emprise. Pour ne pas sombrer dans la folie, je devais trouver certaines réponses.

Il me fallait donc tirer avantage de ma récente « mise en quarantaine ». Cette liberté relative me laissait en effet possibilité d'agir seul, sans avoir à rendre le moindre compte. Je quittai la bibliothèque, épuisé mais résolu à entamer ma thérapie. Celle-ci passait par Fatu Hiva, l'île méridionale des Marquises, point de convergence qui me semblait à l'origine de la folie.

9

« L'orgue de pierre »

Mes congés posés, sur le prétexte d'un besoin impérieux de changer d'air, je montai dans un avion. Trois heures de vol étaient nécessaires depuis Tahiti pour rejoindre Hiva Oa, principale île des Marquises Sud, écrin si cher à Gauguin et à Brel. De là, il s'agissait d'attraper la navette communale *Te hata o hiva* pour tenter d'atteindre Fatu Hiva. « Tenter » est le mot juste car les eaux, là-bas, sont réputées redoutables, asservies à de sévères dépressions et à la domination du courant équatorial Sud, auxquelles il faut ajouter de fréquents séismes, à l'origine de tsunamis destructeurs. Mais les Marquisiens avaient appris à vivre avec les caprices de la nature, tissant un lien particulier avec elle. Face au déploiement d'autant de force créatrice, *gémir n'était pas de mise aux Marquises.*

Les gendarmes de la brigade d'Hiva Oa veillèrent à me fournir toute la documentation nécessaire et les quelques bonnes adresses de Fatu Hiva. L'île, relativement petite (moins d'une centaine de kilomètres carrés), comptait cinq cents habitants et demeurait la plus sauvage de l'archipel. Une seule route de terre reliait les deux principaux villages et tout était réduit à son strict minimum, autrement dit rien, étant donné la conception qu'un insulaire de manière générale, et un Marquisien en particulier, avait du minimum.

Heinui, la commandante de brigade, prit la peine de contacter une pension, « Chez Léontine », non pour s'assurer d'une place disponible, étant donné le peu de touristes qui venaient dans l'année, mais pour huiler le contact à mon arrivée. Les habitants, sans être rudes, étaient toujours soucieux de connaître les motivations des étrangers qui venaient sur leur île.

La commandante était d'une beauté particulière, non qu'elle soit éloignée des canons imposés par la mode, mais parce qu'elle disposait d'un atout rare : des yeux verts, qui tranchaient avec ses origines tahitiennes et lui conféraient quelque chose d'envoûtant. Mariée à un Marquisien, elle avait fini, comme elle me le confia, par épouser l'homme et la terre, s'imprégnant complètement de la culture et de l'art de vivre de l'archipel. Elle était connue de tous et avait noué avec la plupart d'entre eux un lien de confiance.

« Pour "Henri", le sculpteur, il faudra voir sur place, me prévint-elle. Il n'a pas le téléphone et reste donc injoignable… S'il est parti dans une vallée à la recherche de bois ou pour chasser, tu peux patienter longtemps. Ses clients râlent souvent mais ont appris à le connaître…

— Merci de ton aide, en revanche je ne sais pas si je pourrai attendre trop longtemps…

— Essaye de voir Rose, sa femme, à Hanavave. Elle habite près de la mairie. C'est la nièce de Léontine, elle pourrait peut-être te renseigner. »

L'emploi du conditionnel pour ce dernier conseil n'était pas neutre, l'homme ayant la réputation d'être farouche, voire insaisissable.

Heinui m'invita ensuite à utiliser la chambre de passage de l'unité, prévue pour loger à moindres frais les personnels en mission et, en fonction des possibilités, les collègues en goguette. Étant donné l'heure prévue pour l'embarquement, c'était une aubaine.

Il devait en effet être trois heures du matin lorsque nous larguâmes les amarres. Les quelques heures de traversée ne dérogèrent malheureusement pas à la tradition. Sur cette mer formée, j'essayai tant bien que mal de me concentrer sur l'horizon en faisant fi des odeurs de mazout. Le bateau, quoique moderne et relativement puissant, donnait l'impression d'un tonneau de bois brassé par les éléments. Neptune à ses heures furieuses devait probablement s'amuser avec nous, pauvres mortels. Nous mettre à l'épreuve avant de nous laisser profiter de ce que la nature pouvait offrir de plus grandiose, car Fatu Hiva, « la majestueuse », portait indubitablement bien son nom.

Mon arrivée au petit port d'Hanavave, dans la baie des Vierges, me coupa le souffle. La conjugaison des forces telluriques et tectoniques avait taillé des paysages d'une puissance titanesque, comme façonnés à la hache par des dieux irascibles, un soir d'ivresse. J'admirai, ahuri, les géants de pierre, mal taillés, qui se dressaient de part et d'autre de la baie, incontestables gardiens d'un temple naturel dont ils devaient préserver la sacralité.

Malgré la présence d'une darse et la protection naturelle contre le vent, il ne fut pas aisé d'accoster.

Sans la dextérité de notre pilote, il aurait été impossible de ne pas heurter le quai. Mais, nés avec la mer, les Polynésiens possédaient un sens marin inné. Ils savaient écouter l'océan et agir en conséquence.

Luttant contre le charme ensorcelant des lieux, concentré sur la mission que je m'étais donnée – trouver Henri, « l'insaisissable sculpteur » –, je remontai ce qui tenait lieu d'allée principale et n'eus aucun mal à me faire indiquer la pension de Léontine, sur laquelle on débouchait après avoir emprunté un étroit sentier dallé. C'était une maison en pierre, sur deux niveaux, simple, coquette, qui trônait au milieu d'un jardin arboré, parfaitement entretenu. Contraste improbable d'un havre de quiétude, perdu au fin fond du Pacifique Sud, sur l'une des îles les plus sauvages et, peut-être, l'une des plus difficiles d'accès de la planète. Léontine m'accueillit sur le pas de sa porte, avenante, un large sourire figé sur son visage qui découvrit, malgré elle, une rangée de dents pourries par le temps et le manque de soins, mais qu'effaçait rapidement son air doux et débonnaire.

« *Kaoha Nui, mutoi !* Heinui m'a dit que tu arrivais avec la navette. J'espère que la traversée n'a pas été trop agitée… Tu as pas trop nourri les poissons ? me lança-t-elle en rigolant. Allez, viens, je blague… Je vais te montrer ta chambre. Fais attention à ne pas te cogner. Les murs ici sont un peu comme moi, biscornus. »

Léontine était une dame d'un certain âge, native de l'île et véritable figure locale. J'appris qu'elle avait été institutrice à Tahiti, ce qui pouvait s'apparenter à l'époque à une véritable prouesse, étant donné les efforts qui étaient nécessaires pour s'extraire de ce petit caillou. Elle avait aussi vécu un temps en métropole, lorsque son mari, ancien militaire, y avait été muté. Puis, à la mort de celui-ci, elle avait décidé de retrouver sa terre natale. À l'exception des rares touristes de passage, elle vivait un peu en recluse dans son refuge insulaire.

Je déballai rapidement mes affaires, puis descendis à la cuisine où je la retrouvai, avec une autre femme, beaucoup plus jeune, à l'air autoritaire, qui l'aidait à préparer le repas.

« C'est Rose, ma nièce… C'est pas son mari que tu es venu chercher ? » me fit remarquer Léontine en souriant.

À peine surpris de la rencontre, je répondis moi aussi par un sourire. En Polynésie, la tradition voulait que toutes les conversations soient portées par le vent et il n'était pas rare que les habitants d'une île sachent avant votre arrivée ce que vous étiez venu chercher.

Rose posa ses instruments de cuisine et s'essuya les mains sur un vieux torchon. Elle me dévisagea un instant avant de se décider à engager la conversation. Je compris vite qu'Henri était du genre imprévisible et mutique, ce qui ne facilitait pas ses relations avec sa femme. Il pouvait partir des jours sans s'inquiéter de donner de ses nouvelles et cela renforçait, s'il en était besoin, son image d'homme solitaire et farouche.

« Si tu veux le voir, il te faut partir avec Étienne, notre fils. Lui te conduira à son repaire, "l'orgue de pierre". Il vit là-bas comme un animal, c'est son antre… Qu'en dis-tu ? Es-tu prêt pour une petite marche ? »

J'acquiesçai même si j'avais perçu, dans l'attitude et le son de sa voix, une pointe d'ironie, relayée par le rire communicatif de sa tante.

Après le repas, je passai une partie de la soirée à écouter les histoires de Léontine, naviguant entre des tasses de thé trop chaud et des biscuits maison. La vieille dame me posa bien quelques questions sur mon travail et la situation aux Gambier, mais j'y répondis de manière évasive. Elle n'insista pas, préférant exprimer sa fierté d'îlienne et m'expliquer que les Marquisiens, à l'instar des Mangaréviens, ne pouvaient compter que sur eux. Il était vrai que l'archipel s'était habitué à vivre en quasi-autarcie. À l'exception des joutes et du jeu politiques concentrés à Tahiti, les Marquisiens vivaient sur *la terre des hommes* sans avoir à rendre de comptes. Ils répondaient assurément aux légendes ancestrales de l'Océanie, qui faisaient d'eux les premiers habitants du monde.

À la fin d'une dernière et captivante discussion sur l'histoire de l'archipel, je décidai, repu et vaincu, de monter m'écrouler sur mon lit. Heureusement, le vieux ventilateur de la chambre remplissait encore sa fonction, me rafraîchissant le visage par saccades et chassant les derniers moustiques téméraires. Je tentais de trouver le sommeil, lorsque mon attention fut captée par des jets de lumière provenant du jardin. En me penchant à la fenêtre, je découvris un homme qui s'affairait de manière étrange au milieu des arbres, allumant puis éteignant sa lampe comme s'il s'agissait d'un code. Je jetai un coup d'œil à ma montre, il était quatre heures du matin. Intrigué, je m'habillai et descendis prudemment les escaliers. Dans la cuisine, je m'emparai d'un robuste rouleau à pâtisserie, arme improvisée grossière mais qui pouvait s'avérer utile. En me glissant discrètement par une baie vitrée, je contournai facilement la bâtisse pour surprendre le rôdeur. Il était encore là, tentant de se dissimuler derrière une haie. Accroupi, je m'approchai à quelques mètres afin de mieux juger mon adversaire. Visiblement, à la lueur de sa lumière frontale qu'il allumait par alternance, il était jeune, la vingtaine et l'allure athlétique. Cela me rappela douloureusement ma première rencontre avec l'un des frères Teapiki. Je privilégiai la surprise comme mode d'action. Au moment opportun, je bondis sur lui. Le choc fut violent et nous entraîna au sol. J'essayai tant bien que mal de conserver une prise mais je dus me résigner. Mon adversaire, bien plus puissant et agile, me repoussa violemment, s'extirpa aisément de mon emprise et ralluma sa lampe. Néanmoins, étrangement, je l'entendis éclater de rire. C'était la dernière chose à laquelle je m'attendais.

« Hey, *mutoi* ! Calme-toi, me lança-t-il, je suis Étienne, le fils de Rose !

— Étienne…, dis-je, un peu sonné. Oui, je vois, ta mère m'a parlé de toi il y a quelques heures… Mais je ne pensais pas à te voir avant demain… Que fais-tu ici ?

— Ah, *mutoi*, il est déjà demain ! me rétorqua-t-il, hilare. Je cueille des fruits pour nous, Tatie Léontine est habituée. La marche va être longue. Si tu veux voir le *Motua*, il faut des forces… Tiens, regarde ! »

Étienne braqua sa lampe sur un sac à dos de type militaire, en grosse toile kaki très résistante, posé près de lui. Le sac était effectivement rempli de fruits, goyaves, bananes et quelques petites mangues typiques des Marquises. Le gaillard rit encore un peu puis me tapa amicalement sur l'épaule :

« Il faut y aller maintenant, profiter de la fraîcheur de la nuit. Va chercher tes affaires ! »

Si je n'avais pas imaginé le rencontrer de cette manière, je m'attendais encore moins à partir au point du jour. Après une brève toilette, je m'équipai à la hâte. Mon sac n'était pas très fourni. Je le fermai en n'oubliant pas d'y placer le carnet du frère convers et rejoignis Étienne.

En repensant à son prénom, comme à ceux de sa famille, je me rappelai m'être toujours interrogé sur la prépondérance des prénoms catholiques donnés aux enfants marquisiens. À la différence de ceux des autres archipels, qui avaient tendance à renouer avec leurs racines tribales, les Marquisiens gardaient le cap comme s'il s'agissait, par pudeur ou par conviction intime, de ne pas déshonorer la religion transmise par les ancêtres. C'était un trait culturel fort, dans lequel je me retrouvais.

Une fois sur la route de « l'orgue de pierre », les premières heures de marche furent plutôt agréables. Nous n'étions pas encore accablés par la chaleur et l'humidité et nous n'avions pas à franchir des pentes insurmontables ou à prêter attention au moindre de nos pas en longeant des chemins de crête vertigineux.

Puis, malgré les températures infernales qui me cuisaient littéralement et les passages dantesques qui éprouvaient mes muscles, s'offrit à nous la vision inégalée de Fatu Hiva et de son paysage divin.

L'île était un véritable nuancier de couleurs, une palette géante dans laquelle le Créateur avait pu allègrement plonger son pinceau. Ce qui me prit d'abord, c'était ce vert intense, brillant, dont toute la montagne était recouverte et qui se déclinait dans des centaines de variations différentes, faisant ressortir des teintes de jade, de malachite, d'émeraude et de tourmaline. J'admirai ensuite, sous la végétation, la roche qui virait du gris anthracite à un gris clair, puis à l'ocre, puis au rouge. Ce rouge qui tapissait les sentiers et qui, semblable à des vaisseaux sanguins, innervait cette petite masse de terre émergée du fin fond de l'océan.

Étienne m'apprit que l'île, formée depuis des millions d'années, possédait une particularité géologique : l'imbrication de deux volcans – l'un ayant grandi dans le corps de l'autre –, dont les moitiés orientales s'étaient effondrées dans la mer. Nous devions ainsi, avec la plus grande précaution du monde, emprunter une ligne de crête, en fait l'une des caldeiras qui s'ouvrait à l'ouest. Étienne assurait le passage, tandis que j'essayais de ne pas glisser. Les cimes acérées de l'île ne pardonnaient pas et toute imprudence pouvait s'avérer fatale. Certains passages nous contraignirent à l'escalade et à fonctionner en cordée afin de nous assurer l'un l'autre. Mon guide, comme son père, était un chasseur de chèvres sauvages. Il s'était initié depuis l'enfance à ses marches improbables. Ses pas étaient sûrs et il savait identifier les passages invisibles aux yeux des non-initiés. Comme tous les Marquisiens, il s'était adapté à une nature indomptable, capricieuse, et à une géologie qui confinait, comme moi, à une forme de folie.

Après bientôt douze heures d'efforts, nous atteignîmes enfin l'instrument divin. « L'orgue de pierre », expulsé des entrailles de la terre, se détachait en à-pic à quelques centaines de mètres. En guise d'instrument, il s'agissait en fait d'un conglomérat de gigantesques colonnes basaltiques forgées depuis des temps immémoriaux, au gré de l'activité volcanique. L'instrument, léché par les flammes d'une lumière crépusculaire, semblait surgir du néant, ce qui lui conférait indubitablement une dimension surnaturelle.

Au pied de l'orgue, se dessinait l'entrée d'une grotte, d'où s'échappait la lumière d'un feu. Mais Henri n'était pas là. Étienne m'invita à m'installer du mieux possible et à attendre.

« Où est ton père ? lui demandai-je.

— Le *Motua* est comme la nature, imprévisible. Mieux vaut en profiter pour reprendre des forces, avant ton initiation. »

Le terme employé par Étienne m'interloqua. De quelle initiation parlait-il ?

Manifestement troublé, le jeune homme poursuivit en usant d'un ton plus solennel, bien différent de celui du cueilleur de fruits matinal et du guide de randonnée :

« La marche a pu démontrer ta résistance physique, il faut maintenant faire la preuve de la force de ton esprit. Trouve-toi un endroit et repose-toi. »

La grotte n'était pas profonde et il était difficile de s'y maintenir debout. C'était une sorte de refuge spartiate, qui pouvait abriter quatre ou cinq chasseurs de passage. Mais chaque paroi était gravée d'innombrables signes, souvent en lien avec l'océan. Des créatures mystiques, à l'image des figurines de bois de la demeure Clairvoye, y figuraient également.

Exténué par la route, mon corps endolori exigeait le repos mais cela m'était impossible. Mon cerveau était en ébullition, excité par ce lieu hors du temps et par la perspective de rencontrer Henri. Pour tenter de le canaliser, et peut-être aussi pour tuer les heures, je m'amusais à détailler les gravures rupestres lorsque, soudain, mon regard sc figea sur l'une d'entre elles, représentation assez fidèle de la créature d'Aukena. À la différence du carnet du frère convers, il était possible de la toucher, de sentir sous ses doigts les aspérités creusées par l'outil qui avait travaillé la roche. La gravure était extrêmement réaliste, me laissant une impression malsaine, presque déroutante. Il était donc possible d'établir un lien entre les Gambier et les Marquises, malgré les milliers de kilomètres qui les séparaient. Ne sachant quelle conclusion en tirer, mon malaise laissa place à une forme d'angoisse.

Nous attendîmes plus de six heures, peut-être sept, près de l'âtre, le retour d'Henri. Celui-ci arriva du fin fond d'une nuit d'encre, détrempé et crotté. Une carabine dans la main droite, il portait sur ses épaules le cadavre d'une grosse chèvre. Sans mot dire, il pénétra dans la grotte et nous salua à peine. Sa stature était impressionnante, ce qui d'ailleurs le gênait grandement à l'intérieur de la caverne. Il était vêtu d'un vieux treillis vert Otan, probable témoignage d'un ancien passage dans l'armée, et d'un tee-shirt élimé. Ses bras, son visage étaient recouverts de tatouages. Il n'y avait plus un tissu de peau, jusqu'à son crâne, glabre, sur lequel apparaissait un animal, une tête de *tiki* ou un symbole tiré de la tradition marquisienne.

Après quelques signes échangés avec son fils, je compris qu'il lui demandait de préparer le repas. Je remarquai soudain ses pieds, nus, zébrés de cicatrices et d'écorchures qui entaillaient à peine la chair. Le cuir de sa peau tannée par le soleil, épaissi par une nature âpre, était devenu aussi dur que du bois. L'homme avait dû passer d'innombrables heures à chasser, à gravir les pentes et à escalader les rochers de Fatu Hiva. La tradition familiale, à ce que j'avais pu en juger, se prolongeait naturellement avec son fils.

Henri, toujours mutique, partit s'asseoir au fond de la grotte d'où il tira une coupe en bois et un pilon. Il les posa délicatement sur une pierre devant lui et dissémina dans le bol différents ingrédients, qui ressemblaient à des racines. Il commença par piler l'ensemble, puis sortit une petite fiole d'une poche, qu'il vida dans le mortier. Enfin, tout en continuant à malaxer, il me fit signe d'approcher :

« Alors c'est toi, le gendarme qui me cherche partout ! Je me doute que, pour venir jusqu'ici, tu es en quête de réponses à des questions impossibles...

— Impossibles ?

— Au-delà de toute logique, je veux dire... Tu es un animal rationnel qui a été confronté à l'irrationnel, et maintenant tu t'interroges... Comme beaucoup, tu ne te doutais pas que deux mondes coexistaient naturellement. C'est comme notre île et ses deux volcans imbriqués l'un dans l'autre, deux mondes vivent en symbiose, comme le jour succède à la nuit et la nuit au jour. »

En entendant ces mots, je sus qu'Henri avait déjà lu en moi. Il émanait de lui une impression d'apaisement, une sorte d'aura bienveillante, qui me poussa à lui faire confiance. Fourrant ma main au fond de mon sac, j'attrapai le carnet du frère convers que je lui tendis comme s'il s'agissait de la clé de tous nos mystères. Henri, bizarrement, ne le regarda même pas et me fit signe de le ranger.

« Je connais ce carnet, reprit-il. Mon père, mon grand-père et mon arrière-grand-père, avant lui, le connaissaient aussi. Mais tu n'es pas ici pour lire, tu es ici pour me dire ce que tu as vu. Raconte-moi. »

Je fis à Henri un rapide résumé de mes recherches sur les Gambier, sur la famille Clairvoye et lui confiai, bien entendu, l'effroyable rencontre avec la créature d'Aukena, celle que je retrouvais étrangement gravée sur les murs de la caverne. Henri ne disait rien. Il continuait inlassablement à malaxer sa mixture. L'ondoiement des flammes derrière nous projetait des ombres sur le fond de la grotte, des formes biscornues qui nous ressemblaient partiellement, ou peut-être étaient-ce des monstres sortis du monde inintelligible…

« C'est le *Hakanaii*, reprit-il soudainement, la créature à laquelle tu es confronté ! Divinité maléfique, mi-homme, mi-bête, il est l'un des gardiens du monde d'en bas. Un rôdeur… Son apparition, cette pourriture ambiante, la lente mort du lagon témoignent de l'*Uputa*.

— L'*Uputa* ?

— C'est l'ouverture, le passage vers le *Pô*, le monde souterrain. »

À cet instant, Henri changea de ton et brisa sa réserve naturelle. Comme habité par un esprit, il se mit à jouer avec sa tessiture vocale. Sa voix, sans être gutturale, devint grave, presque caverneuse. À l'instar d'un conteur se lançant dans une épopée, il partit dans un monologue qui plantait, peu à peu, le décor d'une tragédie. Je frissonnai, à la fois curieux et effaré. Étienne, qui continuait à préparer le repas, me regarda en posant un doigt sur sa bouche, m'invitant à me taire et à écouter. Il me glissa à voix basse que son père débutait le *ha'akakai*, la chronique d'événements rattachés à son propre clan, transmis au fil des siècles par la tradition orale. Le récit mêlait parfois le naturel au surnaturel, ce qui, paradoxalement, donnait un sens à des paroles décousues, presque mystérieuses.

Ainsi, l'histoire des familles polynésiennes, comme celle d'Henri, prenait naissance dans les rapts, les viols, les guerres claniques et les sacrifices humains. Les hommes, tourmentés par des dieux malsains et jaloux, agissaient selon des lois cosmiques, inaltérables, où la vie et la mort n'étaient pas séparées mais, au contraire, confondues.

Le *Pô*, le monde de la nuit, celui où il n'y a ni peine ni plaisir, côtoyait l'*Aô*, le monde des vivants. Nulle frontière entre les deux, que celle qui existe entre le royaume des cieux et celui de l'océan. Ceux-ci renfermaient une myriade de divinités dont il paraissait vain de dresser une liste. Certaines, supérieures, réglaient l'ordre et la nature des choses en fonction du rythme des saisons. Tel *Ta'aroa*, sorte d'être suprême, ou *'Oro*, le Dieu-Soleil. Mais il ne fallait pas, pour reprendre les termes d'Henri, associer comme dans notre tradition occidentale une divinité à un concept particulier, ni même tenter de trier les bonnes divinités des mauvaises. Toutes étaient capables de servir l'humanité ou de lui nuire. Elles n'étaient qu'une suite ininterrompue de filiations, voire d'engeances improbables, fruits de relations incestueuses entre des entités mâles et femelles, humaines ou animales. La tradition rapportait aussi que, depuis la nuit des temps, il était possible de rejoindre le monde souterrain, comme il était possible de voir le ciel et de nager dans l'océan. Encore fallait-il être initié, détenir le savoir profond qui permettait d'interagir entre ces univers afin d'en préserver l'équilibre.

Peut-être pour appuyer ses propos, Henri choisit ce moment du récit pour introduire le chevalier de Clairvoye, à l'origine, disait-il, du *déséquilibre*. Il évoqua les conséquences tirées des actes de celui-ci :

« Les Marquises s'enfoncèrent alors dans une période de ténèbres. L'océan déchaîné recracha les cadavres de créatures marines monstrueuses, provenant des profondeurs abyssales. Les rares habitants qui tentèrent d'en consommer la chair pourrirent de l'intérieur, gagnés par un mal incurable. *Ta'aroa* lui-même ne semblait plus en mesure de nourrir les hommes. Le cycle des marées changea, puis vint celui du cours des rivières et des chutes d'eau qui, toutes, retournaient sous terre. »

Les paroles d'Henri résonnaient forcément en moi, faisant écho aux événements surnaturels décrits par le frère convers. Passé et présent se reliaient, encore une fois, dans une boucle infinie au centre de laquelle se trouvaient les Clairvoye. Le sculpteur m'affirma que le chevalier, lorsqu'il s'était installé aux Gambier, avait été initié à des pratiques ancestrales par un *Taura*, qui lui avait ouvert les chemins d'une perception suprasensible. Malgré les jalons de sa foi catholique et sa méfiance des rites païens, il avait été pris d'une inextinguible soif de percer le secret des anciens, de franchir les barrières invisibles. Il avait cherché longtemps le moyen d'accéder au monde souterrain et s'était souvent rendu aux îles Marquises, persuadé d'y découvrir les points de passage. La tradition rapportait qu'il était parvenu à ses fins et avait repéré une ouverture, au fond d'une grotte, dans l'île de Tahuata. Confortant les soupçons de l'abbé Baudichon, j'appris que le succès du chevalier reposait essentiellement sur le soutien, ou plutôt l'emprise d'Alphonse-Marie Escoffier. Bien renseigné sur sa fortune, cultivant son goût de l'aventure, des mythes et des légendes, le prêtre défroqué l'avait encouragé à poursuivre ses recherches aux Marquises, archipel dont il avait percé bien des mystères grâce à sa maîtrise de la langue et des coutumes locales. Ce savoir, Escoffier le tirait de l'un des ancêtres d'Henri, Enoha, un sculpteur sur bois un peu étrange, mais respecté car considéré comme le dépositaire des secrets divins et de la tradition orale. Tout comme Henri, qui perpétuait la lignée, Enoha appartenait à une confrérie d'initiés. C'était un *Harepo*, « un promeneur de la nuit », un conteur des légendes qui remontaient aux premiers hommes. Choisis pour leur mémoire phénoménale, ces conteurs faisaient office d'intercesseurs entre le monde des hommes et celui des dieux. Enoha était donc le chaînon manquant, le lien qui unissait la famille d'Henri à celle du chevalier.

Clairvoye mit sur pied pas moins d'une dizaine d'expéditions pour explorer le monde souterrain, toutes financées sur ses fonds personnels, issus du commerce de la nacre. Aux mercenaires en armes recrutés par Escoffier ou par lui-même se joignaient des insulaires, ceux assez braves pour braver le *tapu*, ceux appâtés par les promesses de trésors enfouis, ou ceux, comme Enoha, guidés par une foi profonde et la soif de se voir révélés les mystères du monde d'en bas. Cependant, peu revinrent de ces régions infernales. Les expéditions semblaient toutes s'achever en échecs cuisants. À l'exception de joyaux et de richesses extirpés des profondeurs, ce fut bien la mort qui frappa la troupe. Les rares rescapés des profondeurs souffraient d'une forme de folie furieuse qui leur rongeait l'âme et les poussait à en finir.

Ainsi, Enoha, reclus dans sa grotte de Fatu Hiva, avait tiré parti de son art pour figer dans le temps ses aventures souterraines. Ses effigies étaient une sorte de livre, le support matériel d'un monde irréel dans lequel voyageaient des créatures innommables. La démence et la maladie l'avaient emporté, à moins que ce ne fût, comme le rapportèrent certains témoins, ces êtres démoniaques dont il s'était fait le représentant, et qui, lors d'un ultime sabbat, vinrent le mettre à mort. Chose étrange qui alimenta les rumeurs : lorsqu'il fut retrouvé, le corps d'Enoha s'était momifié. Telle une statue de cire, recroquevillé au milieu d'un cercle étrange formé par ses effrayantes figurines, il tenait dans ses mains un poignard sculpté par ses soins, taillé dans le rostre d'une créature des abysses.

Quoi qu'il en fût, la mort d'Enoha l'intercesseur marqua un changement dans le comportement du chevalier. Il mit fin à ses explorations, tout du moins aux Marquises, puis regagna les Gambier, non sans s'être accaparé une petite partie des statues de bois, tandis que l'autre fut brûlée ou disséminée à travers l'archipel. Escoffier tenta de les retrouver pour en faire commerce auprès des marins de passage, amateurs de curiosités locales. Mais il fut, lui aussi, gagné par la folie. Rapatrié en France, il mourut dans un total anonymat.

Quant à Charles-Auguste de Clairvoye, il consacra toute son énergie et une grande partie de sa fortune à poursuivre ses recherches pour découvrir un autre passage, celui des Gambier, ce qui provoqua un nouveau *déséquilibre* au sein de l'archipel. D'autres manifestations surnaturelles survinrent, consignées dans des témoignages accablants par quelques frères missionnaires, tandis qu'ils se mettaient en chasse de créatures infernales remontées des profondeurs.

Soudés autour du père Laval, les prêtres de la mission menèrent l'enquête jusqu'à remonter la piste du chevalier. Certains, tel le père Guilmard, furent, à leur tour et très tôt, gagnés par la folie, incapables de résister à l'emprise de Clairvoye. Ce dernier, obsédé par sa nouvelle quête, s'y consuma tant et si bien qu'il entra, selon les termes d'Henri, dans une forme de dépossession de lui-même. Les rares personnes qui virent encore le chevalier vivant rapportèrent sa longue et effrayante dégénérescence physique et mentale. Il n'inspirait plus que peur et dégoût, vociférant des paroles inintelligibles et épousant, peu à peu, l'allure repoussante d'une bête primitive.

Selon quelques témoignages de missionnaires et de marins faisant escale aux Gambier, Clairvoye disparut au cours de l'année 1873 tandis que cessaient les phénomènes étranges. Aucune dépouille ne fut jamais retrouvée malgré les recherches menées à travers l'archipel. L'homme était parti sans laisser de traces, emportant avec lui tous ses secrets.

Les Clairvoye, malgré l'absence du corps et sans doute pour honorer sa mémoire (les missionnaires ayant refusé toute forme de sacrement à une âme qu'ils jugeaient corrompue), décidèrent d'organiser un simulacre d'enterrement, une cérémonie funéraire qui marqua les esprits, car organisée selon les anciens rites. Puis, recluse dans sa demeure, la lignée continua de prospérer grâce au commerce des nacres et aux richesses rapportées des expéditions du chevalier. Les héritiers redoublèrent d'efforts pour effacer ce pan de l'histoire familiale, relégué au rang des légendes locales.

Je remerciai mon hôte pour son récit, mais continuais à m'interroger sur l'apparition de la bête, quand Henri, soudain, me tendit une coupe, celle remplie de la mixture qu'il avait mis si longtemps à préparer. « Bois et tu sauras ! Comme pour le *Hakanaii*, change ta perception et aiguise ton esprit », m'affirma-t-il d'un ton quasi martial.

Je pris du bout des doigts l'objet d'où émanait une odeur âcre, peu engageante. Il était rempli d'une substance blanchâtre, qui pouvait faire penser à de l'anis.

Une dernière fois, je regardai Henri qui me fit signe de tout avaler. Le goût était aussi peu ragoûtant que l'odeur. Le liquide coula, d'abord froid, dans ma gorge, puis je sentis une chaleur intense m'envahir et la substance, acide, passer dans mon estomac. Pris d'une violente douleur, je m'effondrai en me tenant le ventre, puis laissai mon esprit divaguer.

Ma vision était altérée, trouble. Comme floutée par une sorte de voile. Mon champ visuel se rétrécissait, tandis que mon cerveau me renvoyait des images difficilement déchiffrables. J'arpentais des couloirs sombres dont la logique géométrique ne correspondait à rien. Leurs murs étaient gravés de signes indescriptibles qui, parfois, me rappelaient les hiéroglyphes de l'Égypte antique, à moins que ce ne fût le Guèze de la lointaine Éthiopie, mais le plus effroyable était toutes ces formes qui se mouvaient au sol et sur les murs, tels des insectes. J'avais l'impression de glisser ou de ramper parmi eux, au milieu d'une multitude d'êtres désincarnés perdus dans un monde hors du temps. Parfois, j'apercevais des figures humanoïdes aux gestes insensés, ou étaient-ce des animaux qui tentaient de reproduire une gestuelle humaine, difficile de le dire. Mon errance me sembla durer des heures, à glisser le long de parois humides recouvertes, à certains endroits, de matière organique. J'émergeai enfin d'un gigantesque gouffre. Mon esprit continua à divaguer dans d'autres galeries obscures, jusqu'à ce que je perçoive des voix humaines. Elles provenaient d'une salle. En y pénétrant, ma vision devint subitement plus nette, comme s'il avait fallu à ce moment précis que je devienne attentif.

L'endroit était faiblement éclairé par des rangées de flambeaux qui diffusaient une lumière sépulcrale. Ses dimensions étaient si incroyables qu'il m'était impossible d'en distinguer tous les côtés. Sur les murs, recouverts de pierres et de nacres, figuraient des gravures incroyables, des scènes que je jugeais mythologiques, débordant de créatures titanesques. Mais je n'avais d'yeux que pour un groupe d'hommes en armes, au centre de la salle, vêtus d'effets d'un autre temps. Au milieu d'eux, sans nul doute possible, le chevalier de Clairvoye, fidèle au portrait de sa demeure familiale et, semblait-il, l'objet d'étude de mon étrange voyage.

Visiblement, deux clans se faisaient face mais il m'était, hélas, impossible de saisir la teneur de leurs propos. Je ne percevais que des bruissements confus, un peu comme le son de ces vieilles cassettes audio dont la bande magnétique s'est complètement dégradée. Parmi eux, tatoués de pied en cap et vêtus d'attributs traditionnels, je reconnus sans peine des guerriers marquisiens. L'un d'entre eux ne pouvait être qu'Enoha mais il m'était impossible de l'identifier. Tous les visages étaient tendus, crispés, diffusant une angoisse qui ne faisait que s'amplifier. Soudain, une rixe éclata. Un homme, petit et robuste, habillé comme un marin, se saisit d'une arme qu'il pointa en direction du chevalier, tandis qu'une dizaine d'autres, accompagnés des guerriers marquisiens, tentaient de maîtriser certains de leurs camarades qui s'étaient mis à convulser au sol tels des poissons tout juste sortis de l'eau. C'est alors que, dans une totale confusion, l'impensable se produisit. Les hommes maintenus à terre cessèrent brutalement leurs contorsions et se répandirent en amas de chair et de sang, tandis que leurs membres se désarticulaient. Leurs corps entiers crevaient sous l'impulsion d'une force inconnue, d'autres se relevaient, puis retombaient violemment, comme contraints d'exécuter une danse malsaine et fatale.

Je me rendis compte que, délaissant leurs enveloppes charnelles, ils épousaient peu à peu les hideuses apparences des figurines de bois. Ici, un corps, mi-homme mi-bête, pourvu d'une tête de chien au museau indescriptible, grattait furieusement le sol à l'aide de griffes immenses, rattachées à des membres démesurés. Là-bas, un autre, englué dans une curieuse coque, rompait sa carapace. Dans une vision d'horreur, une tête énorme émergea, une tête de pieuvre fixée sur un corps anthropoïde. Telle une mouche brisant sa pupe, la créature s'extirpa, gigantesque. Elle déploya ses tentacules, agitant des milliers de ventouses en direction d'autres monstruosités tout aussi dégénérées. Quant au chevalier, recroquevillé au sol, il devait lui aussi subir une macabre transformation. Je vis son visage se déchirer dans une série de convulsions et laisser apparaître une gueule bestiale, alors que ses membres se développaient outrageusement dans une chair devenue élastique. Ses ongles devinrent des griffes et un appendice fit son apparition au bas de sa colonne vertébrale. Dans un ultime effort, ce qui avait été le chevalier de Clairvoye se dressa sur ses membres inférieurs, laissant place à la créature d'Aukena.

Les quelques rescapés, encore humains, se démenaient avec leurs armes pour tenter de réduire à néant ce spectacle démoniaque, mais c'était peine perdue. Dans un nuage de poudre, de lambeaux et de gerbes de sang, les chimères se jetèrent sur leurs proies. Le combat était inégal. Les rares survivants, peut-être deux ou trois, purent s'en extraire et s'enfuir avant que sonne la mise à mort. Les créatures, furieuses, dévorèrent leurs camarades, se disputant les bouts de viande à l'instar de fauves s'arrachant les morceaux de choix. Avant que ma vision commençât à s'assombrir et que je puisse reprendre le contrôle de ma conscience, il ne restait dans cette tombe de circonstance que des monstres et quelques tas de masses organiques informes, de ce qui avait été autrefois des hommes.

Ce carnage marqua la fin du cauchemar. Je réintégrai petit à petit mon corps, recouvrant mes sensations, éprouvant surtout un mal lancinant à l'extrémité de mes membres, de mes articulations et au fond de mon crâne, comme si j'avais physiquement éprouvé ma monstrueuse divagation. Malgré toutes ces visions atroces, je mourais de faim et ne pensais qu'à me rassasier. J'émergeai ainsi, brutalement, lorsque Étienne m'apporta de l'eau, une autre mixture étrange et un copieux repas composé de morceaux de chèvre rôtie, de bouts de tarot et de fruits exotiques. Henri m'incita à me dépêcher d'y goûter afin de dissiper les effets de la mixture. Tout en mangeant, j'essayais de reprendre mes esprits, d'évacuer la douleur et d'éviter de penser aux scènes ignobles gravées dans ma mémoire.

« Combien de temps suis-je resté dans ces limbes ?

— Presque deux jours, mais le temps des mondes engloutis n'est pas celui de la surface.

— J'ai l'impression d'avoir rampé, glissé… peut-être volé… pendant des semaines.

— Selon ta conscience, il existe bien des perceptions différentes du temps et de l'espace, qui ne coïncident pas avec les lois mathématiques.

— Pourquoi cette vision ?

— *Te Kuhane O Te Tupuna*, tu es parti loin avec les ancêtres et les ancêtres t'ont montré la voie. Tu as vu ce que tu devais voir, c'était ton initiation.

— Le chevalier… tous ces gens dévorés… ces transformations… quelle était cette magie ?

— Les anciens rites. Là est la malédiction des non-initiés, lorsqu'ils ouvrent des portes sans savoir et qu'ils pensent maîtriser des forces qui les dépassent. Poussés par l'orgueil et la soif du pouvoir, ils chutent et se font dévorer par ceux-là mêmes qui écoutent l'appel de l'antique nuit. Cruelles et insatiables, malgré leurs forces, les divinités invoquées ont besoin d'hôtes pour s'incarner et exister dans notre réalité sensible.

— Je n'ai pas vu de dieux, Henri, juste des horreurs, des abominations sans nom, vouées au carnage et à la destruction…

— Les dieux sont nés du chaos, lorsqu'a été créé l'univers. De métempsycoses en métempsycoses, de métamorphoses en métamorphoses, ces esprits antédiluviens ont épousé des formes décadentes. Dieux incréés, voyageurs astraux, ils ne se soucient pas des êtres sensibles. Ils vont et viennent, disposant de nos corps comme d'une simple enveloppe.

— Se peut-il que le chevalier soit revenu d'entre les morts ?

— Les divinités répondent à l'appel de ceux qui veulent percer les mystères de l'antique nuit… Le chevalier n'est pas revenu d'entre les morts, son corps physique s'est simplement dégradé pour retourner à la terre des hommes, mais son esprit continue à errer, emprisonné.

— Que veux-tu dire ? »

Henri ne me répondit pas tout de suite. Il se leva, partit au fond de la grotte, en revint avec un objet soigneusement enveloppé dans une pièce de tissu grossier.

« Repars aux Gambier, homme, retourne la terre, achève ton initiation. La grande Lune arrive, le passage restera ouvert, tu dois le trouver et le refermer. »

Henri faisait allusion à une super Lune, ce moment où l'astre était à sa distance minimale de la Terre. Le phénomène, s'il possédait une certaine influence sur les éléments, n'était en réalité ni exceptionnel ni visuellement sensationnel, mais il défrayait toujours la chronique. Il devait se produire d'ici trois jours.

« Comment refermer le passage ?

— Traque le rôdeur, le *Hakanaii*, traque-le comme il te traquera, mais méfie-toi de lui car il défend son territoire. Il est l'incarnation d'une divinité corrompue. Chasse l'esprit antique du corps pour sauver l'homme, ou tue l'homme pour chasser l'esprit. »

Sur ces paroles sibyllines, Henri découvrit l'objet et me le présenta. Il s'agissait d'un poignard dont la lame, d'environ cinquante centimètres, était tout à fait singulière, taillée dans le rostre d'un animal marin inconnu, finement sculptée, comme l'était le manche, et gravée de centaines de symboles marquisiens.

« L'esprit d'Enoha et des *Harepo* t'accompagne. Ta main doit être ferme, ton geste précis. Si tu dois frapper, frappe sûrement, frappe au cœur ! » ajouta Henri en me tendant le poignard.

Sur ces derniers mots, j'achevai mon repas et commençai à m'assoupir. Le corps meurtri, les pensées encore divagantes, il m'était difficile de lutter contre le sommeil. Mais je n'aspirais qu'à des rêves apaisés, loin des visions cauchemardesques et des prophéties antiques.

À mon réveil, Henri avait disparu. Il avait laissé à son fils le soin de me veiller, d'entretenir l'âtre et de me raccompagner. Je contemplai une dernière fois le poignard d'Enoha avant de le ranger dans mon sac. Étienne, encore plus solennel, comme s'il s'agissait de marcher sur les traces de son père, observait un silence monacal, m'informant de ses intentions par de petits gestes rapides.

Nous devions partir sans tarder, pour que je puisse rembarquer sur la prochaine navette. En quittant la grotte je frissonnai, parcouru d'un sentiment étrange, mélange d'apaisement et d'effroi après ce songe dément et ces propos étranges. « L'orgue de pierre » était définitivement un lieu à nul autre pareil, un passage mystique entre la terre des hommes et les cercles divins, défendu par un gardien non moins insaisissable.

Nous nous mîmes en marche, l'aube naissante guidant nos pas.

10

Pauline

Avant d'embarquer pour un archipel polynésien, l'attente à l'aéroport de Faa'a est toujours un moment particulier. Passé l'enregistrement, je franchis l'unique portique de sécurité afin de rejoindre l'unique salle d'attente des vols domestiques et m'accouder au comptoir de l'unique café, qui proposait toujours l'inéluctable choix entre un italien serré ou un insipide américain.

Parmi ceux qui, comme moi, tentaient de tromper l'ennui, trois catégories étaient plus ou moins identifiables. Les touristes, tout d'abord, parce qu'ils se montraient toujours enjoués comme s'ils partaient vers une aventure inconnue, en dépit de l'offre tout compris qu'ils avaient probablement choisie, et qui ne laissait plus aucun mystère. Venaient ensuite les fonctionnaires du «pays» ou de «l'État» qui, s'ils ne portaient pas l'uniforme, restaient habillés de manière bourgeoise, entendue celle qui sied à Tahiti : port du pantalon obligatoire pour les hommes, malgré la chaleur. Enfin, les originaires des Marquises, des Gambier, des Australes, des Tuamotu et des îles Sous-le-Vent qui rendaient visite à leur famille ou retournaient chez eux. La peau tannée, le regard bienveillant, attifés parfois de manière amusante, ils étaient chargés d'innombrables sacs emplis de nourriture ou d'objets de consommation qu'ils se faisaient un devoir de rapporter de Papeete, quand les « Tahitiens » essayaient, au contraire, de profiter des îles pour échapper au superflu et à la vanité. C'était le chassé-croisé d'un drôle de monde.

Alors que, dans un grésillement désagréable, les haut-parleurs annonçaient notre vol, mon regard fut attiré par une jeune femme, âgée d'une trentaine d'années, dont le comportement et la manière de se vêtir ne me permettaient de la ranger dans aucune de ces catégories, ce qui me perturbait un peu. Son port était altier, témoignage d'une certaine éducation, mais elle dégageait – et c'était intrigant – quelque chose de sauvage, caractéristique de la vie isolée des îles. Elle ne portait pas de bagage, à l'exception d'un sac à main de bonne facture, tressé selon les techniques artisanales des Tuamotu-Gambier. Sans être belle, son visage était accrocheur, singulier et ne me semblait pas inconnu. Sur l'un de ses poignets courait un tatouage aux motifs polynésiens, de ceux exécutés aux Marquises et dont la monochromie jurait sur sa peau très pâle. Je reconnus le *Mata hoata*, ou « regard étincelant », savant mélange de formes mystiques et esthétiques, censé conférer du pouvoir, notamment la capacité de voir au-delà des apparences. Son cou, ceint d'un magnifique sautoir de perles noires qu'elle portait avec style, finit de me convaincre de son identité. C'était Pauline de Clairvoye, la sœur d'Antoine, qui revenait sur ses terres. Parce que son témoignage était tout aussi important que celui de son frère, il fallait saisir ma chance.

Mon approche – un peu lourde, je devais bien l'admettre – revint à m'inviter à ses côtés lors du vol. En effet, l'une des caractéristiques de la compagnie aérienne locale était qu'elle ne délivrait pas de billets avec places attribuées. Le choix des sièges était libre. La jeune femme ayant été l'une des premières à embarquer, il ne me fut pas difficile de réussir le stratagème. Pauline, qui se trouvait côté hublot, m'invita même à échanger nos places pour que je puisse profiter de notre survol de certains atolls, qu'elle connaissait par cœur. Je me dépêchai alors de fourrer mon sac dans le porte-bagages avant d'engager une conversation anodine, de celle que nous faisons tous en voyage, histoire de tuer le temps. Je tentai de me faire passer pour un touriste de métropole en quête d'authenticité, mais également amateur de perles. À ma grande surprise, en feuilletant le magazine de la compagnie, apparut le visage de ma voisine, illustrant un article. Il s'agissait, bien entendu, d'un sujet sur la perliculture en Polynésie et les grandes maisons qui en faisaient la renommée. L'accroche devenait évidente.

Pauline n'en parut pas gênée, bien au contraire, et se prêta un moment au jeu de mes questions. Je précise un moment car, après m'avoir donné quelques détails techniques sur la perliculture, tout en me félicitant pour mes maigres connaissances sur la filière, elle me fit un sourire d'une incroyable finesse et m'avoua, avec toute la subtilité du monde, qu'elle connaissait mon identité. Son frère lui avait déjà parlé de moi, ainsi que pratiquement tous les passagers présents dans la cabine, qui n'avaient pas manqué de la saluer au préalable et de lui glisser quelques mots à mon sujet. C'était ma faute, j'avais oublié la faculté toute polynésienne de communiquer. Le mécanisme était simple, se fondant sur une loi presque mathématique qui voulait que la vitesse de propagation des informations fût inversement proportionnelle à la taille et à l'éloignement de l'archipel.

Cependant, contre toute attente, ou peut-être parce qu'elle se sentait en confiance, Pauline continua à se livrer, m'expliquant qu'elle résidait la plus grande partie du temps à Tahiti, près de ses bureaux. Outre la partie bijouterie qu'elle affectionnait particulièrement, elle se chargeait également des négociations avec les grossistes, la plupart chinois, et de finaliser les ventes dans les lieux les plus propices. En règle générale, me disait-elle, elle s'envolait pour Hong Kong, devenu le centre mondial du négoce de la perle. Les bijoutiers des quatre coins du monde arpentaient les allées de ce marché gigantesque, à la recherche de pièces exceptionnelles. Et, si elle se désolait des phénomènes désastreux touchant « son » archipel, elle se réjouissait de ses « joyaux d'Akamaru », comme elle les appelait, qui passaient pour des merveilles inestimables et confortaient le nom et la réputation de sa famille.

Sa maîtrise du cantonais et de la culture locale lui ouvrait certaines portes. Pourtant les Asiatiques faisaient souvent peu de cas des Occidentaux, surtout s'il s'agissait d'une femme. Aussi m'avoua-t-elle que sa réussite n'était pas fondée sur ses seuls talents. C'était un ancien ouvrier de ses parents, ayant fait fortune en

Chine, qui l'avait introduite dans quelques cercles très fermés, en s'offrant comme caution morale. Elle revenait justement aux Gambier pour préparer avec son frère un voyage vers la Chine. Une importante vente était en cours de finalisation et, d'ici une dizaine de jours, la présence des héritiers serait souhaitée.

Là-dessus, subitement, Pauline se leva pour ouvrir le porte-bagages. Elle chercha un certain temps dans ses affaires, pesta tout doucement, mais finit par récupérer un petit livre. Il s'agissait d'une histoire de la perle des Gambier écrite par une Américaine de passage. Le bouquin comportait également un passage sur sa famille, l'auteur ayant vécu plusieurs semaines chez les Clairvoye lors d'un séjour dans l'archipel. D'une façon un peu leste à mon goût, la jeune femme inscrivit son numéro de téléphone sur la page de garde.

« Pourquoi ? » demandai-je de manière abrupte.

Je le reconnais, mon ton inquisiteur ne s'accordait pas avec les gestes et les manières délicates de mon interlocutrice. Mais, si son charme ne me laissait pas indifférent, quelque chose me gênait. Peut-être parce que ma vie monacale m'avait trop endurci ou peut-être parce que je voyais Pauline de manière déformée, non comme une femme à séduire, mais comme un témoin clé à interroger.

Pauline continua pourtant à me sourire :

« Ne vous méprenez pas, mais je suis assez fascinée par votre métier et tout ce que vous devez avoir vécu. Par ailleurs, je ne vous cache pas que les conversations dans l'île qui dépassent le monde de la perliculture sont assez rares… Si cela vous dit de passer dîner ce soir, je nous ferai préparer quelques spécialités. Pour rester dans le domaine des nacres, peut-être n'avez-vous jamais goûté au korori ?

— Au risque de vous étonner, si, et l'expérience fut excellente. Toutefois je doute que votre frère puisse apprécier ma compagnie… »

L'héritière sourit de nouveau comme si elle s'attendait à cette remarque :

« Ne vous en faites pas. Je ne vis plus depuis longtemps dans notre maison familiale. Trop de souvenirs, et peut-être pas les meilleurs. »

Pauline détestait cette propriété qui lui rappelait sans cesse ses parents, et en particulier son père, qu'elle adorait.

« Je possède un *fare* du côté ouest de l'île, sur l'une de nos concessions. Vous trouverez facilement. »

À l'aéroport, Pauline était attendue par une embarcation privée. Aux commandes du bateau d'azur à chevrons d'or, je n'eus aucun mal à reconnaître le pilote : Vairua, notre passeur d'Akamaru. Il me salua de loin avant d'entamer les manœuvres pour se dégager du quai.

Je me contentai de monter à bord de la navette communale, d'où j'appelai ma pension. J'avais beau m'être signalé auprès de la brigade, je préférais loger à l'extérieur. D'une part, car je revenais en touriste mais, surtout, parce que je ne voulais pas imposer ma présence après le drame, préférant laisser les gendarmes à leur deuil.

La navette, lourde et peu puissante, mit un temps infini à gagner le quai de Mangareva. Aussi en profitai-je pour observer, amusé, les centaines de têtes d'épingle multicolores qui marquaient la présence des lignes de nacre. Avant d'être brusquement pétrifié lorsque se découpèrent, à nouveau, les contours de la tour de guet d'Aukena et que s'imposa à moi l'image du cadavre du malheureux Paeamara.

Une fois à terre, je fis d'abord un détour par la brigade. Je voulais prendre des nouvelles des deux gendarmes et m'enquérir de la situation de la veuve de l'adjudant. Je fus reçu par l'adjoint, le maréchal des logis-chef Ihorai. Lui n'était pas originaire des Gambier mais de Tahiti, et s'était habitué depuis longtemps aux singularités de l'archipel, appréciant l'isolement et surtout la faible activité de l'unité. Car Ihorai – il fallait le dire – ne cherchait pas les responsabilités, convaincu qu'il pouvait tirer jusqu'à la retraite en évitant les problèmes. Il se bornait donc à exécuter les ordres, ce qui lui donnait au moins l'avantage de ne pas poser de questions. Aussi, déjà bien désolé de devoir assurer le commandement par intérim, ne m'interrogea-t-il pas sur mon retour aux Gambier, ni sur l'avancée de l'enquête, prenant soin de ne pas s'impliquer dans un dossier qu'il jugeait trop complexe. Il ne parut pas non plus particulièrement surpris lorsque je lui demandai l'arme de service de Paeamara. Il ouvrit un tiroir de son bureau, prit la clé de l'armoire forte, passa dans le bureau voisin y récupérer le pistolet automatique Sig Sauer et ses deux chargeurs. Depuis les événements d'Aukena, l'arme était sous scellé, en attente d'expédition vers

Tahiti, conformément aux directives de la section de recherches. Le chef me la confia, heureux de se débarrasser d'une charge supplémentaire. Puis il me montra précisément, sur une carte, le meilleur chemin pour me rendre au domicile de Pauline de Clairvoye.

Je pris la route un peu tendu, ne sachant si je voulais, ou plutôt si j'étais encore capable, après des années de célibat, de dîner en tête à tête avec une femme.

L'héritière vivait dans le district de Gatavake, sur un petit domaine accolé à la baie du même nom. L'habitation principale était d'une taille modeste. À l'exception d'une véranda et de lambrequins typiques des « maisons de la vanille » qui subsistaient encore sur certaines îles de Polynésie, elle n'avait rien de comparable avec la propriété familiale et son style colonial pesant. Non loin, j'aperçus un ponton qui courait sur le lagon jusqu'à un autre, perpendiculaire, faisant office de quai. Le *fare greffe* était encore visible dans le demi-jour.

Pauline m'attendait sur le seuil :

« J'espère ne pas avoir dérangé vos plans pour la soirée ?

— Non, absolument pas… Vous êtes particulièrement isolée, ici… »

Elle sourit et fit un geste nonchalant :

« Je vis avec l'isolement depuis toute petite. À vrai dire, je le recherche un peu. J'ai besoin de me ressourcer lorsque je reviens de Tahiti. La solitude force à la contemplation, chose rarissime de nos jours, et la baie de Gatavake est un endroit magnifique pour s'y adonner. »

Nous passâmes assez vite à table, pendant qu'une vieille femme sortait de la cuisine en claudiquant, les bras chargés du repas qu'elle nous avait préparé. Pauline m'expliqua que Joséphine était originaire de Mangareva et attachée à sa famille depuis des lustres. Elle ne parlait pour ainsi dire pas et renforçait, par là, la vague impression que j'avais déjà éprouvée lors de la perquisition chez Antoine de ne rencontrer autour des Clairvoye que des employés de maisons creux, mutiques, s'affairant à leurs tâches dans une discipline quasi monacale.

Pauline ramena la conversation sur le métier d'enquêteur. Elle était intriguée par les différences palpables entre la réalité de mon travail et la fiction propagée par les polars et les quelques séries policières du moment. En véritable passionnée, elle s'était intéressée aux détails que les auteurs disséminaient au fil de leur récit afin de renforcer la crédibilité de leurs manuscrits, tels le jargon utilisé dans la profession, les relations avec les magistrats ou les expertises produites dans les diverses sciences criminelles. Malgré tout son engouement et ses recherches, Pauline ne manquait pas de mélanger les procédures anglo-saxonne et française – crime de lèse-majesté souvent commis par les profanes. Comme à mon habitude, je répondis de manière très générale, en omettant volontairement des détails, soucieux de préserver quelques mystères. J'insistai sur le caractère romancé des scénarios et les grandes libertés prises par leurs auteurs quant aux règles de droit, peut-être parce que la plupart de ces polars n'étaient pas écrits par des officiers de police judiciaire.

Pauline revint ensuite sur son enfance, et sur la façon dont elle était entrée dans ce monde en apprenant le métier de manière tout à fait empirique :

« En fait, j'ai suivi les traces de mon père. C'est lui qui m'a tout enseigné. Je l'accompagnais sur les concessions et lorsqu'il allait à Tahiti.

— La mort tragique de vos parents n'a pas ébranlé votre volonté ?

— Au contraire, je dirais que ça l'a renforcée. »

Alors qu'elle continuait à expliquer les raisons profondes qui l'avaient amenée à poursuivre l'aventure familiale, et malgré toute sa délicatesse, je ne pus m'empêcher d'assouvir ma curiosité maladive, laissant mon instinct de chasseur reprendre le dessus :

« Et quels sont vos rapports avec votre frère ? »

Pauline, dans un premier temps, ne sembla pas vouloir trop s'épancher sur lui. Puis, petit à petit, elle commença à s'ouvrir, non seulement parce qu'elle savait que la gendarmerie s'intéressait à lui, mais aussi parce qu'elle éprouvait à son encontre un amour teinté de crainte. C'est cette crainte qui, selon moi, la poussa à se livrer. Elle connaissait ses goûts, ses addictions, mais n'avait jamais pu se résoudre à avoir une franche explication avec lui.

« Antoine est un être à part, possessif, orgueilleux, mais j'ai appris à le connaître.

— Jamais de violence ?

— Il est irascible et ses colères peuvent rapidement prendre des proportions excessives, mais jamais envers moi.

— Vous saviez qu'Antoine fréquentait la victime retrouvée dans l'église de Taravai ?

— De manière générale, je ne surveille pas ses fréquentations, mais je mentirais si je vous disais non. Moetini était l'un de nos meilleurs plongeurs et, vous l'avez remarqué, c'est une toute petite île.

— Une hypothèse sur sa mort ? »

Pauline se pinça légèrement les lèvres et but une gorgée de vin avant de lancer sur un ton presque mécanique :

« Non, je n'y vois aucune raison. »

L'héritière semblait cacher quelque chose, mais je préférai remettre mes questions à plus tard et jouir du reste de la soirée lorsque, brusquement, Joséphine s'approcha de la jeune femme pour lui marmonner quelques mots en *reo mangareva*. Pauline prit un air agacé, répondit, se leva et me pria de l'excuser :

« Juste un léger problème à régler. Je vous en prie, poursuivez le repas, Joséphine va continuer à s'occuper de vous.

— Ne vous inquiétez pas... Pour le dessert, je devrais pouvoir me débrouiller seul ! »

Pauline ne releva pas la plaisanterie. Elle sortit, non sans avoir pris le temps de donner certaines directives à Joséphine qui, promptement, quitta à son tour la pièce.

Culture professionnelle oblige, je tirai parti de l'absence de la maîtresse de maison et de la vieille cuisinière pour dresser l'inventaire des lieux. Le séjour, de toute façon, n'était pas bien grand et, tout comme au sein de la demeure familiale, je ne fus pas surpris de retrouver plusieurs objets artisanaux, rapportés ici et là des différents archipels. Je remarquai qu'il était également de bon ton, dans la famille Clairvoye, de posséder une bibliothèque imposante et bien fournie. Celle-ci, en bois de rose, originale, encadrait une fenêtre et une banquette sur laquelle traînaient des coussins. J'observai les titres. À côté des immanquables ouvrages sur l'histoire de la Polynésie, ses paysages paradisiaques, son art, ses mythes et ses légendes, je découvris sans surprise toute une collection de romans policiers. Les auteurs contemporains – européens ou américains pour la plupart, parfois asiatiques ou arabes – côtoyaient ceux du XIXe siècle, voire du XVIIIe siècle. Pauline n'avait pas menti et semblait une inconditionnelle du genre. Curieusement, mon attention fut retenue par l'un d'entre eux, assez imposant et pourvu d'une jolie couverture verte décorée d'idéogrammes chinois. Je pouvais espérer des dessins à l'encre de Chine, ou du moins une belle calligraphie. Mais en prenant le livre et en commençant à le feuilleter, je m'aperçus qu'il était faux. Une centaine de pages recouvraient une cachette secrète, semblable à un petit coffre-fort et muni d'un mécanisme à code. Il n'y avait pas de serrure, il suffisait de trouver une simple combinaison à trois chiffres pour déverrouiller le tout, ce qui ne devait pas être bien compliqué, encore fallait-il du temps. En parcourant la bibliothèque, je découvris d'autres impostures du même genre, d'autres faux ouvrages. Pauline, dans la droite lignée de son clan, possédait ses petits secrets, ce qui aiguisa encore plus ma curiosité. Je décidai de glisser le livre à la couverture verte dans mon sac, le temps d'en percer le mystère. La jeune femme, d'ailleurs, revint peu après, l'air vaguement contrarié mais avec cette pointe de légèreté et de charme qui la caractérisait.

« J'espère ne pas avoir été trop longue ? Un souci avec l'un de mes greffeurs. La crise m'oblige à négocier leur disponibilité. Beaucoup essaient de quitter l'archipel, effrayés par cette atmosphère et ces événements macabres.

— Comment négociez-vous ? Restent-ils ?

— En règle générale, augmenter leur salaire et prendre en charge un voyage pour qu'ils puissent rentrer voir leurs proches suffisent… mais les retenir est de plus en plus difficile. La plupart semblent croire qu'Antoine et moi sommes la cause de tout. Ils nous imaginent touchés par le mauvais œil ou quelque chose du genre… Il est toujours compliqué de lutter contre l'irrationnel. »

La réflexion de Pauline me surprit, me rappelant que j'avais pensé la même chose en arrivant dans l'archipel, bien avant ma rencontre avec la créature d'Aukena et mon voyage aux Marquises.

« Vous croyez que toute cette histoire est irrationnelle ? »

Pauline prit quelques secondes avant de répondre, en esquissant une légère grimace :

« Je n'en sais rien. Les gens font des raccourcis à cause de notre histoire, de mes ancêtres, de l'accident de mes parents, de notre fortune… ils mélangent tout. À chaque nouvel événement, notre famille revient vite au cœur des discussions. C'est un peu usant à la longue. »

Avec une certaine dose d'impassibilité, je sautai sur l'occasion pour détourner, encore une fois, la conversation à mon profit et aborder le cas du chevalier et de ses recherches occultes. Son héritière ne feignit pas l'ignorance mais préféra jouer la prudence, me livrant l'explication la plus rationnelle possible :

« Mon ancêtre devait déjà certainement souffrir de troubles mentaux en France, et peut-être même depuis son adolescence. Malheureusement, à l'époque, la médecine était encore balbutiante dans ce domaine. Sa psychose s'est sans doute aggravée en Polynésie, où je vous laisse imaginer le suivi psychiatrique des patients au milieu du XIXe siècle... Probablement schizophrène, selon nous, il n'a fait qu'alterner les épisodes psychotiques jusqu'à se donner la mort. Je suis convaincue que ses discours délirants et ses recherches étranges sont liés à sa maladie, ce qui a forgé sa légende noire. J'espère avant tout que ce n'est pas héréditaire.

— Que voulez-vous dire ? »

Pauline s'assit dans son canapé, la tête entre les mains.

« Je vous l'ai dit, mon frère est de nature irascible. Il souffre parfois de bouffées délirantes. Son comportement devient bizarre, son anxiété s'aggrave. Il tient des propos incohérents et est sujet à des hallucinations...

— Vous le faites suivre ?

— Impossible. Il rejette toute aide extérieure. Il ne se sent pas malade et devient vite violent lorsque nous évoquons le sujet... J'ai appris à vivre avec lui et à gérer la situation depuis le temps, mais je vous avoue me sentir plus en sécurité seule, ici. »

J'inscrivis sur un bout de papier les coordonnées d'un psychiatre de Tahiti, avec lequel nous avions l'habitude de travailler, me proposant de jouer les intermédiaires. La jeune femme refusa poliment et me pria de rester discret, l'attitude du frère venant encore assombrir l'image déjà écornée de la famille.

Je quittai Pauline avec une curieuse impression. Les Clairvoye possédaient indéniablement quelque chose d'exceptionnel, de magnétique, qu'il était difficile d'identifier. Une sorte d'énergie, de *prana* selon l'approche hindouiste, ou, pour reprendre le terme consacré, ici, en Polynésie, de *mana*. L'héritière, bien plus que son frère, dégageait cette force singulière et envoûtante qui, quoi que j'en pense, ne pouvait me laisser indifférent.

11

Le promeneur de la nuit

Le ciel, constellé d'étoiles, et la douceur de la nuit m'offraient un moment d'apaisement ou, pour faire écho à la réflexion de Pauline, de « contemplation ». J'en profitai pour organiser la suite des événements en m'appuyant sur le carnet du frère convers. Malheureusement, je n'arrivais plus à mettre la main dessus, persuadé pourtant de l'avoir rapporté, mais sans doute l'avais-je oublié à Tahiti, dans mon appartement. Par chance, j'avais conservé mes notes et les récits du missionnaire restaient gravés dans un coin de ma mémoire.

Une fois à la pension, je décidai de briser le scellé associé à l'arme de l'adjudant. Si je devais une nouvelle fois rencontrer le rôdeur monstrueux, je pourrais au moins me défendre, préférant le pouvoir du système arme-munition au rostre marin du poignard d'Enoha. Enfin, et c'était l'objet de toute mon attention, je m'emparai du faux livre de Pauline et me mis à l'ouvrage avec, comme seuls moyens techniques, une feuille de papier et un stylo. Il ne me fallut pas moins d'une heure pour trouver la combinaison et ôter le couvercle du coffret. Ma stupéfaction fut totale lorsque je découvris son contenu : un petit livre ancien, à la couverture de cuir et dont le titre en allemand, *Seele und Geist in der kosmogonischen Darstellung*[1], était évocateur. L'auteur, Werner von Kleist, me rappela instantanément certains ouvrages qui m'avaient intrigué sur les rayonnages de la bibliothèque de la demeure Clairvoye. Imprimé en lettres gothiques, en 1843, à Potsdam, dans la province de Brandebourg, celui-ci, malgré mes origines alsaciennes et ma connaissance de la langue de Goethe, semblait difficilement traduisible. Tiré à quelques exemplaires, il s'adressait à une petite confrérie d'initiés, nommés « Die Jünger des Lazarus », « Les disciples de Lazare », dont l'emblème, reproduit en première de couverture, représentait un crâne au milieu d'un cercle formé par un serpent ou un dragon, se mordant la queue. Entre autres représentations symboliques, y figuraient diverses formules magiques et incantations archaïques, vraisemblablement issues de rituels chamaniques propres aux civilisations mésopotamiennes. Ces formules étaient accompagnées de formes géométriques singulières, à replacer dans l'espace. Il était également question d'invoquer certaines entités en fonction de positions astrales. Je plongeai ainsi dans un monde hermétique qui me glaçait le sang, notamment lorsque je reconnus des lignes de chiffres, de signes et de lettres, semblables au code indéchiffrable du petit journal de Pauline, celui-là même que j'avais vu dissimulé dans le secrétaire à secrets de sa chambre. Ces lignes

1. « L'Âme et l'Esprit dans la représentation cosmogonique ».

apparaissaient à presque toutes les pages, comme des commentaires et des marques de référence. Elle avait également annoté quelques remarques de l'auteur, lorsqu'il renvoyait à d'autres ouvrages aux titres tout aussi évocateurs.

Devant cette trouvaille, des dizaines de questions m'assaillirent d'un coup, en même temps que je luttais entre attirance et répulsion, obnubilé par Pauline et Antoine, les pièces maîtresses d'un jeu d'échecs à trois dimensions sur lequel j'avançais comme un simple pion, incapable de maîtriser les niveaux supérieurs. Allongé sur mon lit, perdu dans mes pensées, j'essayais de trouver une logique à tout cela quand, au fond de ma poche, je sentis mon téléphone vibrer. Le numéro de la brigade s'afficha à l'écran.

« Capitaine, excuse-moi de te déranger, c'est le chef Ihorai. Le diacre a cherché à te joindre mais il m'a pas dit pourquoi, juste que c'était important. Je te donne son numéro. »

J'écrivis rapidement la suite de chiffres dans le creux de ma main.

« Sans doute un rapport avec l'enterrement ? poursuivis-je.

— *'aita !* Je crois pas ! Au son de sa voix, il était pas tranquille mais il a refusé de m'en dire plus... Il voulait parler qu'avec toi. »

Je raccrochai et pianotai rapidement sur le clavier de mon téléphone, peut-être un nouveau signe providentiel, qui donnerait sens à mes découvertes.

Mais je mis un temps infini à joindre André Maputeoa. Le réseau était capricieux et l'orage qui s'annonçait n'arrangeait rien. Il était déjà tard et je dus longuement insister pour qu'il décroche enfin. L'homme était essoufflé, tenant des propos incohérents dans un mélange saccadé de français et de *reo mangareva*. Ihorai était bien en dessous de la vérité : la terreur était perceptible dans la voix du diacre. Alors qu'il se perdait dans une confusion de mots, je m'emparai de mon arme, de ses chargeurs et d'une puissante lampe torche que je fourrai dans un sac. Le mieux était encore d'aller le voir.

Je me précipitai au volant du pick-up hors d'âge que me prêtait la pension. Avant que la conversation ne soit définitivement interrompue, je saisis que Maputeoa cherchait à rejoindre les hauteurs de Rouru. Je démarrai en trombe en direction de son domicile, situé non loin du couvent.

Sur la route, la pluie se remit à tomber. Des seaux d'eau s'affalaient sur mon pare-brise, pourvu de balais d'essuie-glaces complètement élimés. Je redoutais de perdre un essieu sur les cahots incessants et, malgré la puissance des phares censée compenser l'éclairage public inexistant, je distinguais à peine la route. Il me fallut une bonne vingtaine de minutes pour parcourir péniblement les deux ou trois kilomètres qui me séparaient de la maison du diacre.

La porte en était béante et permettait d'entrevoir un véritable capharnaüm. J'entrai, arme à la main. Livres et objets parsemaient le sol. L'endroit avait été fouillé, ou plutôt saccagé de manière furieuse, les meubles défoncés, des pans de murs et le sol lacérés. Ces indices laissaient facilement supposer la nature du visiteur et je compris, sans peine, la peur ressentie par André. Nulle trace d'un corps, cependant.

L'impression de revivre la tragédie d'Aukena me submergea.

À l'extérieur, je découvris des empreintes humides qui prenaient la direction des hauteurs de Rouru. Manifestement, le diacre avait réussi à gagner les vestiges du couvent, à quelques centaines de mètres de là. Grâce aux phares du pick-up, je bénéficiai d'assez de clarté pour explorer la zone et, je dois l'avouer, la pris pour une forme de protection, me raccrochant aux superstitions du vieux Joseph, convaincu que le *Hakanaii*, créature de l'ombre, fuyait la lumière, même artificielle.

Je passai rapidement sous l'arc de triomphe – en fait, la porte d'entrée monumentale de l'institution et son linteau cintré, qui donnait une idée de la magnificence des lieux, à l'époque du père Liausu. Le couvent comportait quatre corps de bâtiment, tous dévastés, dont une chapelle, une infirmerie et un dortoir, que je pris soin d'inspecter, l'arme au poing, prêt à répondre à toute attaque. Hélas, l'endroit était désert. Je m'apprêtais à quitter ces ruines lorsque j'eus la surprise de distinguer, derrière la chapelle, un chemin qui serpentait vers le mont Duff, l'un des sommets de l'île. Les herbes hautes avaient été foulées récemment et ouvraient sur le sentier. Le Seigneur semblait me désigner la voie, il s'agissait d'être à la hauteur.

La prudence était de mise, car le chemin montait de manière abrupte à travers la végétation. Mais, là encore, le diacre comme la créature étaient invisibles. Je tentai alors de joindre à nouveau André, et ce fut Beethoven qui vint à mon secours. Sa *Lettre à Élise* retentit soudain et me guida pas à pas. Sonnerie monophonique, classique d'un vieux modèle de téléphone. Je pouvais au moins compter sur sa rusticité et la longévité de sa batterie pour ne pas s'éteindre inopinément. Les notes du compositeur allemand devenaient de plus en plus nettes à l'endroit d'une dépression profonde et étroite, qui ne laissait rien présager de bon. Avec d'infinies précautions, je commençai à descendre, utilisant les moindres racines et branches basses pour éviter de glisser, tout en essayant de me guider à la lumière de ma torche. Bientôt, dans l'ombre, je pus distinguer une forme. Je m'approchai prudemment et reconnus mon fuyard. Par miracle, il était vivant. Mais, figé dans un état second, le diacre restait prostré dans une posture étrange, comme celle des communiants. Il ne cessait de réciter, ou plutôt de psalmodier, dans sa langue maternelle cette curieuse phrase : « *Keria io, e tane, te tumu, o te 'enua* », celle-là même que répétait inlassablement Ruben Tumarae lorsqu'il avait été découvert par son cousin. Le corps tout entier d'André était tourné contre un tronc, obstacle naturel qui l'avait empêché de se fracasser sur les rochers en contrebas. Je ne décelai à première vue aucune trace de lutte, aucune violence. Seuls ses vêtements, déchirés à certains endroits, révélaient une chute. Dans sa course pour rattraper le sentier et gagner un refuge, la nuit d'encre et la terre humide avaient joué contre lui, mais ce plongeon accidentel lui avait certainement offert le moyen d'échapper à la créature.

Quand j'essayai de le tirer de sa position, il se laissa faire et sembla comprendre mes intentions. Il me facilita la tâche en me suivant docilement. Je remarquai à ce moment qu'il tenait fermement, contre sa poitrine, un objet singulier que je n'eus aucun mal à reconnaître. C'était le chapelet de la Vierge d'Akamaru. La croix était à nouveau manquante, comme si elle avait été arrachée, mais le fait que le diacre ait emporté le chapelet dans sa fuite confirmait son importance. Il s'y agrippait comme si sa vie en dépendait, faisant rouler les perles entre ses doigts. J'eus toutes les peines du monde à le ramener sur le sentier pour rejoindre les ruines, mais j'y parvins. Subitement, alors que nous arrivions du côté de la chapelle abandonnée, André me lâcha la main et courut s'y réfugier. Hors de l'église, point de salut, me dis-je.

Je le retrouvai recroquevillé près de ce qui fut, jadis, un autel où il avait repris ses psalmodies. Je tentais vainement d'attirer son attention quand, soudain, il me saisit par les poignets et me fixa intensément comme s'il essayait de se remémorer mon visage. Puis, d'un ton mélancolique, il prononça quelques phrases :

« La croix est la clé… sous la terre… le *marae*, à Atiahoa, chez le chevalier.

— Que voulez-vous dire ? »

Le regard de Maputeoa sombra à nouveau dans le vide. Il répétait encore et encore, comme une litanie :

« Les anciens savent, le père Honoré sait, ils l'ont toujours su… *Keria io, e tane, te tumu, o te 'enua.* »

Puis, comme pris de démence, il commença à tâter les pierres de l'autel. Il parlait de creuser, creuser profondément avec la croix, toujours la croix. Je ne réalisai que plus tard tout le sens de ces paroles. En me rapprochant, je me rendis compte qu'il s'efforçait de tirer une pierre, qui s'était désolidarisée au fil du temps. En l'aidant à cette tâche, je constatai une cavité où il était possible de passer la main, ce que je fis. Je sentis au bout de mes doigts une surface en métal, une boîte ronde, que je n'eus aucun mal à récupérer.

La boîte était commune mais concentrait toute l'attention d'André. En dévissant le couvercle, je pus retirer des liasses de feuilles pliées que j'étalai avec soin devant moi. Après un rapide examen, je compris sans peine qu'il s'agissait des pages arrachées au carnet du frère convers. Je pus en dénombrer une cinquantaine. Toutes étaient annotées, probablement par le diacre lui-même. Certaines comportaient des dessins, d'autres des notes datées, et d'autres encore des lignes entières d'écriture basée sur un système logographique. Rédigées dans des langues inconnues, elles faisaient l'objet de traduction en latin, en grec ancien et en français, mais également – et c'était plus surprenant – en chinois, ou du moins dans une langue asiatique qui utilisait les idéogrammes. La plupart semblaient traiter de mythologie, voire de cosmogonie, comme le livre découvert chez l'héritière. Mais je n'eus pas le temps de m'attarder. André me tendit un feuillet en me faisant signe de le lire. Je m'exécutai.

Le 3 septembre 1870, le frère convers écrivait : «*Le père Honoré paraît l'avoir toujours su, comme une évidence. Sa longue expérience des insulaires, sa pratique de la langue et son esprit synthétique ont fini de forger son opinion. Lui qui a lutté toute sa vie contre l'idolâtrie pour qu'advienne l'ère chrétienne, voilà qu'il affronte de nouveau, au bout du monde, son plus vieil adversaire, comme il aime à le dire. Plus qu'un adversaire, il s'agit d'un ennemi, un ennemi coriace, un monstre cruel, qui s'acharne contre les plus affermis dans la foi et s'attaque à corrompre tout le corps. Cet ennemi, c'est l'orgueil, cet odieux tyran qui possède votre âme et vous dépouille de toutes vos vertus. C'est bien lui qui a corrompu le cœur du chevalier et empoisonné son esprit. Il s'est fourvoyé dans des pratiques anciennes et impies, adorant des faux dieux auxquels il a vendu son âme pour un royaume de nacre.*

« Prisonnier de sa folie destructrice, son orgueil démesuré l'ayant exposé à des délires extravagants, il désire plus que tout devenir l'un d'entre eux, un faux dieu. Le père Honoré en est persuadé, nos malheurs proviennent de son hubris. *Le chevalier a découvert le secret des anciens rites. Sa connaissance de la langue lui a ouvert les portes de la tradition orale portée par les* Tauras. *Il veut, aujourd'hui, s'affranchir de la connaissance et de la bonté infinie du Créateur. Il dissimule sa nature perfide et corrompue derrière le masque de la foi et de la vertu. Sa demeure est la source de forces incontrôlables, un repaire de maléfices qu'il s'agit de conjurer, comme il s'agit de conjurer cette chose répugnante, cette créature diabolique qu'il est devenu, au gré de ses expériences malsaines. Nous l'avons maintes fois traqué sans dénicher son repaire. Le père Honoré m'a chargé d'y mettre un terme.*

« À cet effet, nous avons rassemblé et étudié, depuis longtemps, les pièces de la mythologie païenne pour connaître les desseins du chevalier. Le père Honoré m'a remis un objet insolite pour parfaire ma quête. C'est une croix en pierre finement taillée, incrustée de nacre et dont les branches sont pourvues de stries et de trous. Le père ne m'a pas divulgué l'origine de l'objet et la façon dont

il était entré en sa possession, mais il m'a indiqué clairement sa fonction. Aussi m'a-t-il chargé de retourner chez le chevalier et d'y trouver son emplacement. L'objet est une clé pour déverrouiller une sorte de mécanisme. Le chevalier dissimule un endroit secret, un passage vers un antique lieu de culte où il peut s'adonner à ses pratiques abjectes. Hélas, je ne suis plus le jeune homme de vingt ans qui a débarqué pour la première fois à Mangareva. J'ai peut-être gagné un peu de sagesse mais perdu beaucoup de force et de vigueur et toute la fougue nécessaire pour entreprendre ce type de mission. Le père Honoré m'a attaché, pour la cause, les services indispensables de Jonas, son servant d'autel. Le jeune homme, de la lignée Roapamoa, a été baptisé par le père à qui il voue depuis un amour filial. Comme tous les insulaires, il a appris à vivre avec les éléments et dispose d'un esprit affûté. Jonas doit m'aider dans ma quête. Il est chargé de nous mener jusqu'au rivage de Rikitea, puis de nous faire gagner discrètement Atiahoa afin de me faire pénétrer dans la demeure du chevalier.

« J'ai embrassé une dernière fois le père Honoré avec toute la solennité du monde. Il m'a élevé dans ma chair et dans mon âme, avec pour unique ambition de me faire gagner l'amour du Christ. C'est indiscutablement un homme de Dieu, un saint homme.

« La nuit n'était pas encore tombée lorsque nous avons débarqué à Rikitea. Assis sous un pied de uru, Jonas m'a expliqué tout notre périple. Le père Honoré, je le savais, lorsqu'il se rendait à Mangareva l'a maintes fois envoyé surveiller les faits et gestes du chevalier. Au fil du temps, Jonas s'est approprié les recoins de la forêt. Il a reconnu tous les sentiers et créé les passages qui lui permettent de

contourner la surveillance des gardes afin d'accéder à la demeure. Il m'a révélé ainsi comment trouver et emprunter un chemin détourné, qui épouse les flancs du mont Makoto pour déboucher non loin d'un gigantesque ficus. L'arbre indique l'entrée occidentale du jardin et ouvre la voie vers la bibliothèque. À cette époque de l'année, l'humidité et la chaleur obligent à rechercher la fraîcheur. Les fenêtres restent ouvertes et il est aisé d'entrer dans les maisons. Une fois rendu dans la bibliothèque, il s'agira de trouver le mécanisme dans lequel introduire cette clé maudite afin de pénétrer dans ce que d'aucuns appellent ici "les entrailles de la terre". »

Les notes se perdaient ensuite dans des considérations religieuses. Puis, avant de s'engouffrer une dernière fois dans les ténèbres et peut-être parce qu'il pressentait un malheur, le frère précisait confier son carnet à Jonas en lui intimant l'ordre de le rapporter au père Laval. Il voulait très certainement éviter que l'œuvre d'une vie entière ne soit à jamais perdue. Son père spirituel avait su quoi en faire et où les cacher.

Au bout du compte, tout convergeait vers la bibliothèque de la demeure Clairvoye. Je me rappelais les livres ésotériques, les créatures effrayantes sculptées par Enoha et la croix du chapelet, qui avait également été retrouvée par Antoine, dans cette même pièce. La bibliothèque renfermait certainement le mécanisme évoqué par le frère convers ; cela valait la peine d'y mener une recherche plus approfondie.

À l'époque, l'intrépide missionnaire avait dû déjouer la surveillance des hommes de main du chevalier. Ce n'était plus le cas aujourd'hui. À l'exception d'Antoine et de quelques domestiques pas très alertes, il était plutôt facile de pénétrer à l'intérieur de la propriété. Tandis que j'échafaudais un plan, André avait déjà repris sa prostration et ses psalmodies. Je décidai donc d'emporter les pages du carnet et de le ramener chez lui.

Lorsque je le quittai, allongé sur son lit, Maputeoa répétait inlassablement la même phrase en *reo mangareva*. Certaines traductions des derniers feuillets arrachés rendaient une version plus ou moins fidèle de ce que je pris pour une sorte d'incantation : « Creuse donc, Homme, jusqu'au fond de la terre. »

12

La traque

Caché dans lc jardin, j'observais la demeure plongée dans l'obscurité. Si je devais entrer par effraction, encore fallait-il le faire avec intelligence, sans laisser de trace. Ce fut la lumière des phares d'un pick-up qui mit fin à mes réflexions. Le véhicule d'Antoine de Clairvoye remontait l'allée principale. Le conducteur descendit, un sac en bandoulière, et s'engouffra rapidement dans la maison en prenant soin de refermer la porte d'entrée. Je décidai alors de couper rapidement afin de m'approcher de la façade. Je me faufilai derrière une haie, d'où j'avais tout le loisir d'observer l'intérieur. Malheureusement chaque pièce demeurait plongée dans le noir. Antoine n'avait allumé aucune lumière, préférant bizarrement se servir d'une lampe torche qui diffusait un doux rayon bleu.

Celui-ci éclaira le couloir, puis partit virevolter à l'étage, avant de redescendre. De ma position, il me parut assez simple de rejoindre le rez-de-chaussée sans attirer l'attention. J'en profitai pour me coller contre le mur et avancer discrètement vers la fenêtre du bureau, jusqu'à ce qu'un rai de lumière balaye la pièce et me fasse plonger à terre pendant quelques secondes. Le faisceau dansa encore un certain temps avant de se figer dans la bibliothèque, où je ne pouvais accéder du jardin. Je me rabattis sur la fenêtre du bureau, que je testai en pratiquant une pression relativement sèche : elle s'ouvrit facilement. Non verrouillée, elle me permit de me glisser à l'intérieur de la maison – chance de l'opportuniste, qui se doublait d'une réelle entorse au code de procédure pénale. J'attendis un moment avant de progresser lentement, en veillant au moindre de mes gestes. Du couloir, je passai furtivement dans le salon, antichambre qui donnait sur la bibliothèque, et donc lieu d'observation idéal.

Tapi derrière un long divan, j'entendis d'abord des bruits de pas, puis le déménagement d'un meuble. Vinrent les cliquetis caractéristiques de rouages mécaniques et, enfin, un raclement lourd de métal, qui aiguisa ma curiosité.

De longues minutes s'écoulèrent avant que je me risque à jeter quelques coups d'œil rapides. La lumière bleue avait disparu, seule une petite lampe murale projetait un halo faiblard. La bibliothèque demeurait silencieuse. Antoine semblait s'être évanoui, alors que j'étais convaincu qu'il ne l'avait pas quittée depuis mon entrée dans le bureau. Je mis un temps infini à sortir de ma cachette et avançai avec prudence. Dans la pièce proprement dite, ma curiosité fut enfin satisfaite. Un pan entier de rayonnages avait été déplacé par l'intermédiaire d'une sorte de rail et s'ouvrait sur une sorte de cabinet, presque une alcôve. Le mécanisme devait être intégré à l'une des étagères, et parfaitement invisible. Dans l'alcôve, une large bande du tapis était enroulée sur elle-même, ce qui laissait apparaître une trappe dans le plancher. Dessus, une serrure dont la forme ne laissait aucun doute sur la nature de la clé. Ce ne pouvait être que la croix d'Akamaru, celle-là même que le père Laval avait confiée à son acolyte et dont je pensais le diacre dernier détenteur. En réalité, par je ne sais quel mystère, c'était donc Antoine qui la possédait de nouveau. La trappe n'était pas fermée mais je dus m'y prendre à trois fois pour la soulever entièrement sans y laisser une partie de mes doigts. La croix, en plus de déverrouiller le mécanisme, devait certainement faire office de poignée, ce qui ne pouvait que faciliter la manœuvre.

La trappe révélait une noirceur insondable. Pourtant, en allumant ma lampe, je sursautai en découvrant une structure en pierre : un escalier en colimaçon taillé dans le basalte plongeait dans les ténèbres. À cet instant, les mots du frère convers résonnèrent dans ma tête. Néanmoins, la curiosité prenant le pas sur la prudence, je décidai de descendre, non sans avoir vérifié la présence et le bon fonctionnement de mon arme.

Je crus ne jamais venir à bout des centaines de marches de l'immense escalier, mais je finis par déboucher dans une sorte de salle, ou plutôt une caverne, dont il était difficile d'apprécier les proportions, la puissance de ma lampe ne me permettant pas d'en distinguer le plafond. Il devait cependant se situer à plus d'une centaine de mètres au-dessus de moi, étant donné le temps qui s'était écoulé pour que je parvienne jusque-là. Plus étrange, la grotte avait été travaillée, sculptée dans le basalte et la pierre par des mains expertes. Des torches, fixées aux murs, brûlaient sans paraître se consumer. Elles m'indiquaient le chemin à prendre.

Je m'enfonçai dans un long tunnel pour finir par me retrouver devant un lourd portail, dont les ventaux, ouverts, étaient façonnés dans un mélange de pierre et de nacre d'une beauté indéfinissable. Ciselées dans la matière, des représentations, souvent effrayantes, mettaient en scène des créatures semblables aux gravures de la grotte de Fatu Hiva. Inscriptions, parfois en langue mangarévienne, symboles ou idéogrammes couraient sur le tablier et, selon les traductions laissées par le frère convers, semblaient faire référence à des pans d'une mythologie antédiluvienne. Il était question de *Tora-miru*, la déesse gardienne des océans, de *Tagaroa*, le dieu increé. Ou d'autres personnages à l'allure plus ou moins anthropoïde, comme *Tiki*, le Premier Homme. Enfin, sur ce qui s'apparentait à un fronton et sur les ventaux, revenait de manière régulière l'invitation à partir vers la « nuit » (« *i te Pô* »), vers le monde souterrain. Tout aussi impressionnant, le mécanisme d'ouverture du portail reposait sur une combinaison de gigantesques roues dentées en pierre et d'un enchevêtrement de poutres. La technique utilisée mêlait l'intelligence mécanique à la force herculéenne des anciennes civilisations. En franchissant le portail, un frisson me parcourut l'échine, qui me renvoya à l'état d'excitation que j'avais connu, la première fois que j'étais parti avec Joseph affronter la créature.

Mais je n'étais pas de nature à renoncer. Je repris mon exploration qui, à travers un couloir, me mena dans une salle encore plus colossale que la précédente, écrin d'un gouffre gigantesque, identique à celui que j'avais découvert lorsque, au cours de mon initiation, je n'étais qu'une conscience divagante. Un chemin pavé permettait d'en faire le tour sans risquer d'y tomber. De part et d'autre du vide, des parois épousant la forme d'un tétraèdre étaient recouvertes d'une nacre polie, qui reflétait et amplifiait la lumière des torches. L'effet était saisissant. Là encore, j'y retrouvai sculptées des scènes fabuleuses emplies de figures étranges. Des humains côtoyaient les chimères de mon rêve, dans des paysages insulaires qui paraissaient remonter à l'origine des temps. Les montagnes semblaient des volcans noyés par des raz-de-marée monstrueux desquels émergeaient des créatures prodigieuses. À côté de ces scènes apocalyptiques, au milieu d'inscriptions obscures, j'admirai des fresques d'une grande richesse chromatique, qui me rappelaient celles des sites préhistoriques. Des personnages mi-humains, mi-animaux y étaient peints d'une si étrange manière qu'il était impossible de bien les distinguer. Ils figuraient une race de géants inconnue, comme ceux décrits dans les récits mythiques des civilisations antiques.

Au-dessus du gouffre, en son centre, tel un pendule sans corps, j'aperçus une corde – en fait une liane torsadée qui pouvait faire penser à un tronc d'arbre, tant son diamètre était impressionnant. Mais elle était hors d'atteinte. Personne – entendu, personne d'humain – ne pouvait franchir la distance qui la séparait du bord du gouffre. Fixée au sommet de la pyramide, elle devait mesurer plusieurs centaines de mètres, même si, perdu dans mes contemplations, alors que je cherchais son point d'ancrage, j'aurais pu jurer avoir distingué des étoiles. Je ne saisissais pas son utilité, étant donné qu'elle demeurait suspendue au-dessus des profondeurs, sans jamais y descendre.

Dans les parois de cette même salle, creusées dans la pierre, trois immenses arches pourvues d'autres symboles encore jamais vus ouvraient des passages vers plus de ténèbres. Il se dégageait de ces arches une forme de puissant magnétisme, comme un appel irrésistible à s'en approcher. Je tentai de franchir la première (que je situais à l'est), mais de fortes rafales de vent m'empêchèrent d'avancer. Je butais irrémédiablement contre un mur invisible, qui repoussait mes assauts. Le passage de la deuxième arche (à l'ouest) s'avéra tout aussi infranchissable. Une chaleur y régnait, si intense que dès le seuil elle vous brûlait la chair. Le passage de la troisième arche (au nord) semblait plus aisé. Je pus parcourir quelques mètres avant qu'une odeur de chair putréfiée, d'excréments et de soufre vienne littéralement bloquer ma respiration Je fus obligé de rebrousser chemin. C'est alors que je découvris, non loin de la troisième arche, un passage illuminé par ces mêmes torches au feu inextinguible, il ne pouvait qu'être le chemin emprunté par mon fuyard. Avant de suivre sa piste, je me saisis d'un flambeau qui dégageait un violent parfum, mélange d'huile de rama et d'autres essences inconnues. Lui aussi ne se consumait pas, ou à peine, ce qui me permettait de préserver les batteries de ma lampe.

J'arpentai dès lors une multitude de galeries aux dimensions démesurées, souvent reliées par des escaliers dont les marches semblaient avoir été taillées pour des géants. De plus en plus, il me semblait revivre, mais cette fois physiquement, l'expérience onirique de « l'orgue de pierre ». Parfois, à la lueur des torches, je reconnaissais quelques symboles, désormais persuadé qu'il s'agissait d'une écriture, probablement un langage primitif remontant au temps des premiers hommes. Si le frère convers avait percé certains mystères des langues anciennes, ses notes ne renseignaient en rien sur l'origine de ce lieu, qui avait dû être, jadis, une cité bâtie par une race inconnue. Car, j'en étais convaincu, les civilisations primitives de l'Océanie orientale ne pouvaient avoir disposé des outils et du savoir nécessaires pour façonner cette architecture démentielle. Fallait-il que les bâtisseurs soient pour autant ces êtres chimériques, ces géants, que j'avais contemplés sur les parois ? Terrorisé par la réponse, je préférai ne plus y penser.

Je cheminai pendant des heures dans ce dédale de couloirs. J'y retrouvais parfois des *tikis* en bois gigantesques. Faisant office de gardiens, l'air menaçant, ils empêchaient l'entrée de cryptes, fermées par de lourdes portes de pierre, que j'imaginais vouées à protéger des secrets inavouables. Chose étrange, les sculptures n'épousaient plus les mêmes codes esthétiques. J'estimais ces différences à une probable évolution artistique et technique. À l'aide d'outils plus adaptés ou plus perfectionnés, les artistes obtenaient un travail plus précis. Malheureusement, il était impossible d'identifier une chronologie entre quelques statues, plus conventionnelles, et d'autres plus animales, car les secondes, que je qualifierais d'hybrides, m'apparurent paradoxalement les plus raffinées d'un point de vue technique.

Plus tard, ce furent des colossaux *Moais* en pierre, comme l'on peut en admirer sur Rapa nui[1], qui me barrèrent le passage vers d'autres parties de la cité. Seulement, eux, contrairement à l'image commune des têtes sans corps, possédaient une large base recouverte de pétroglyphes.

De temps à autre, je pénétrais dans des salles aux dimensions improbables. L'une d'elles, parfaitement sphérique, était entièrement ornée d'une colossale fresque. J'y retrouvai les titans de la salle du gouffre en plein combat contre les éléments et d'autres entités difformes, qui muaient en chimères répugnantes. Poussées par les géants, elles étaient précipitées dans une géhenne apocalyptique, puis venaient renaître dans des corps humanoïdes, pourvus de têtes de chacals, de fauves, de serpents, d'insectes ou de créatures marines. Elles étaient les exactes représentations de mon cauchemar, les hideuses transformations auxquelles j'avais assisté lors de mon initiation dans la grotte marquisienne.

Il me paraissait désormais évident que cette cité se trouvait à la confluence des différentes civilisations du Pacifique Sud, et avait été bâtie en des temps reculés pour lesquels la mémoire de l'Homme ne suffisait plus. Si le secret n'avait pas été éventé depuis tant d'années, mais conservé au sein de sociétés secrètes comme « Les disciples de Lazare » ou gardé par quelques initiés des îles du Pacifique, et visiblement tu par les très rares missionnaires qui en suspectaient l'existence, c'était pour une raison bien légitime. Cette cité

1. L'île de Pâques.

maudite, engloutie depuis des millénaires, recelait des mystères sur lesquels il valait mieux ne pas lever le voile. Tout ce que je croyais savoir de l'histoire de l'humanité semblait balayé, comme toutes mes certitudes mathématiques sur le temps et l'espace.

Je serais d'ailleurs bien incapable de me prononcer sur le nombre d'heures, ou peut-être de jours, pendant lesquels il me parut errer. Je ressentais de la fatigue et de la faim, mais de manière accessoire. Mon corps avait dû s'adapter à ce nouvel environnement. Le temps, sous terre, s'écoulait différemment, comme s'il était emprisonné dans les murs de cette cité sans nom. Si j'avais conscience de ne cesser de marcher, il me semblait pourtant que les secondes duraient des minutes, et les minutes des heures. Il n'y aurait donc plus un temps unique et absolu, mais des temps propres associés à des lieux propres et des consciences propres. Le temps de la salle du gouffre, par exemple, ne s'écoulait pas de la même manière dans la salle sphérique ou lorsque je déambulais dans les allées. Cette improbable déstructuration rejoignait celle des lieux, ce qui, d'un coup, renforça ma détermination à sortir de cette folie.

Ainsi, si je continuais à suivre le chemin des flambeaux, la tentation était grande de bifurquer pour tenter de trouver une issue. L'occasion se présenta devant une galerie qui n'était surveillée par aucun gardien de pierre ou de bois. Quelques scintillements brefs et irréguliers paraissaient y indiquer une sortie. Mais, de manière illogique, après m'être engagé dans cette voie, je fus soudain convaincu de ne jamais pouvoir les atteindre. J'éprouvai la sensation curieuse de monter une forte pente afin de rejoindre une lumière, dont je ne cessais d'estimer la distance, à l'œil nu, à une cinquantaine de mètres. Malgré tout, je finis par gagner une sorte de grotte, où s'engouffrait un vent frais et où émergeait le bruit si caractéristique du ressac. La mer s'était retirée et je découvris une longue langue de sable. Étrangement, le pied à peine posé sur la grève, je reconnus l'endroit. J'étais sur la plage du cap Mata Kuiti, dans l'île d'Aukena. Au-dessus de moi se dressait, immuable, la tour de guet, dominée par la Voie lactée. Le ciel austral était gavé de joyaux sur lesquels se réfléchissait une lumière zodiacale d'une incroyable beauté.

À cet instant, je compris comment la créature, lorsque nous la traquions, pouvait s'enfuir sans laisser de trace. Les couloirs de la cité devaient relier d'autres îles, si ce n'est d'autres archipels, étant donné le passage qu'avait découvert le chevalier aux Marquises et les fresques sur les parois de « l'orgue de pierre ». Une fois le passage principal ouvert, d'autres devaient apparaître. Accès que la créature utilisait à sa guise, tout comme peut-être mon fuyard, Antoine. Mais quels liens entretenait-il avec elle ? Pouvait-il être son maître ? Obsédé par cette pensée, je pris la décision de revenir sur mes pas pour le retrouver.

Je rejoignis celle que je dénommais désormais l'allée des flambeaux, où je finis par tomber sur un inquiétant personnage : un squelette assis, adossé au mur, figé dans son étrange posture. Ses vêtements troués, dévorés par les mites, laissaient entrevoir des os poussiéreux et sales, rongés par endroits et tirant vers une couleur jaune-marron. L'ensemble de l'ossature semblait, malgré tout, plutôt bien conservé, à l'exception du crâne dont une large partie avait été défoncée, ou plutôt perforée de manière nette, emportant la quasi-totalité de la mandibule et de l'os pariétal. Ici et là, d'autres morceaux d'os épars, rognés, jonchaient le sol, témoignant du passage de quelques rats. La carcasse était recouverte d'un habit sombre, taillé dans un tissu grossier et fermé, sur le devant, par une série de boutons taillés dans la nacre. Une sangle élimée attachait son bras à une petite besace en cuir qui pourrissait au sol. Avec d'infinies précautions, je pus manipuler l'objet pour en extraire quelques minces feuillets, rêches, que l'humidité et les parasites n'avaient pas encore complètement dégradés. Le déchiffrage de ces lignes, écrites à la main, ne laissait, hélas, aucun doute sur l'identité du rédacteur.

« *[...] Ce fut au terme de cette mélopée envoûtante que résonna le son des* pahus *et que je fus témoin de l'indicible. Que Dieu me vienne en aide et les Saints Évangiles me donnent la force d'écrire ces lignes, lorsque je jure avoir vu le chevalier de Clairvoye, parmi ces dévoyés au rang desquels figurait son propre fils, se changer en bête, puis se repaître de chair humaine à l'image du Moloch antique. [...] Quelle folie ronge ces hommes, devenus adorateurs de faux dieux ? Quelle folie ronge le père qui, avec lui, entraîne sa descendance dans des rituels impies et corrompt ainsi le sang de sa lignée ?*

« *Il est temps pour moi de tenter de rejoindre la surface et de témoigner au père Laval de ce qu'il redoutait, tant les naturels se méfiaient du chevalier et de ses gens, qu'ils jugeaient à l'origine du déséquilibre [...] Puisque Tu as voulu rappeler à Toi Ton serviteur en lui imposant une mort difficile, accepte que du fond de mon cœur, Seigneur, je T'adresse une dernière prière. Ton bâton me guide et me rassure, je ne manque de rien, sur des prés d'herbes fraîches fais-moi reposer.* »

Ainsi, tout comme moi, le frère convers avait assisté au sordide rituel de la transformation, témoin, comme je le fus, de l'implication du chevalier et de sa famille maudite. Sa probable rencontre avec son bourreau avait scellé la fin de son voyage souterrain, et son corps, laissé sans sépulture, se retrouvait voué à la pourriture. Je laissai là mon macabre compagnon, non sans avoir prié pour son repos éternel.

Mais cette découverte me tourmentait. Il me semblait que, par l'intermédiaire du carnet, je partageais une sorte de lien mystique avec son auteur. Que nous étions engagés dans la même quête hallucinée au cours de laquelle seules notre foi et notre raison pourraient nous sauver. Or, ce lien venait subitement de se rompre et ma raison vacillait. Je me raccrochai donc à ma foi pour m'amener au bout du chemin – ou ne serait-ce qu'au bout de cette allée des flambeaux que je me remis à suivre, avec le fragile espoir d'en finir.

Après peut-être une heure de marche, celle-ci déboucha sur un ultime porche qui offrait l'accès à une énième salle, au cœur de laquelle trônait un gigantesque escalier de pierre. J'aurais regretté de ne jamais avoir contemplé un tel ouvrage. Cette structure, à quintuple hélice, se dressait dans le vide. L'architecture en était si démentielle qu'il me fut difficile de me convaincre qu'une telle œuvre eût été pensée et dessinée par l'intelligence humaine.

L'ascension en fut interminable. Mon périple prit fin dans une nouvelle galerie qui me conduisit à un goulet où un mince filet d'air frais fit vaciller la flamme de ma torche. Le passage était particulièrement étroit. Je jetai la torche et me contorsionnai au mieux pour tenter de m'insérer entre les parois, avant de m'allonger et de ramper sur plusieurs mètres pour retrouver l'air libre.

J'émergeai de sous un monticule de pierres enchevêtrées, proches des antiques mégalithes que l'on peut apercevoir dans les campagnes bretonnes. La nature humide paraissait scintiller, baignée d'une lumière indéfinissable, presque irréelle. J'avais emprunté tant de couloirs et gravi tant de marches, qu'il m'était difficile d'avoir une idée précise de l'endroit où je me trouvais. Je n'avais d'ailleurs pas de montre et mon téléphone s'était depuis longtemps éteint.

Dans la terre encore fraîche, des traces de pas se dessinaient clairement, j'espérais que ce soient celles de mon fuyard. Après une rapide vérification de mon matériel, j'allumai ma lampe torche et repris ma filature sur un chemin qui se découvrait à travers la végétation et où il fallait prendre certaines précautions pour éviter de glisser. Visiblement, je me dirigeais vers l'un des sommets de l'île sans que je puisse, au départ, déterminer lequel. Jusqu'à ce qu'une trouée entre les arbres m'offre la réponse : une vue panoramique sur le mont Makoto. Il me surprit par sa forme pyramidale, qui me rappela instantanément la salle du gouffre et ses arches mystiques, dont la demeure

Clairvoye était manifestement l'antichambre. Étant donné ma position, j'en déduisis que j'étais en train de gravir les pentes du mont Duff. L'ascension n'était pas en soi difficile, mais il se remit à pleuvoir, ce qui n'arrangea pas les choses. Je pouvais néanmoins utiliser les cordes que les guides, pour faciliter le passage, avaient attachées çà et là aux troncs d'arbres.

Après quelques efforts, j'atteignis le sommet et fus surpris de le trouver vide. Compte tenu des pentes vertigineuses et des ravins, personne n'aurait pu redescendre sans que nous nous croisions. Mais peut-être existait-il, non loin de moi, l'une de ces entrées mystérieuses.

Deux pierres taillées trônaient au sommet, faisant immanquablement penser à des autels. Sur l'une d'elles était encore visible un cercle de petites flammes teintées de vert, mais qui ne dégageait aucune chaleur. En son milieu, un tas de cendres et toujours ces mêmes inscriptions énigmatiques, gravées par un outil pointu. Sur l'autre rocher, en approchant ma lampe, je distinguai des gouttelettes s'apparentant à du sang frais et un tas de glaise rougeâtre, difforme. S'il s'agissait d'un rituel, il était bel et bien terminé. Quelle forme de magie avait pu se jouer sur ces tables de pierre ? Je ne pouvais le dire : je ne cessais de m'enfoncer dans une nuit d'une terrible noirceur, dont il me semblait impossible de m'extraire.

Au loin, les rares lumières du village de Rikitea et les grondements sévères et sourds de l'orage me tirèrent brusquement de mes songes, m'incitant à redescendre. Je récupérai quelques cendres de l'autel, des échantillons de glaise et de sang et repris le chemin. La pluie tombait dru et se repérer devenait de plus en plus ardu.

Parvenu au monticule mégalithique, je comptais me glisser dans le passage quand je m'aperçus qu'il avait disparu. J'avais beau palper, de plus en plus frénétiquement, la roche dont je m'étais extrait, je ne sentais rien à l'exception d'une étroite fissure de quelques millimètres, comme il pouvait y en avoir sur toutes les pierres anciennes. J'étais trempé et perdu. Je pris quelques minutes pour retrouver mes esprits et c'est au moment où je commençais à me ressaisir que je les entendis une nouvelle fois, toujours ces mêmes grognements, rauques et gutturaux. Après avoir vérifié, encore et presque par réflexe, la présence de mon arme, j'éteignis ma lampe, la fourrai dans mon sac et en profitai pour en extraire le poignard d'Enoha, que je fixai comme je le pus à ma ceinture. Il fallait redescendre en toute hâte. Il fallait éviter la confrontation avec cet adversaire dont j'étais incapable d'estimer la véritable nature, mais dont je connaissais la force prodigieuse et l'insatiable cruauté.

Si je tentais de ne pas glisser, me raccrochant parfois à des branches ou des cordes providentielles, j'avais le plus grand mal à me concentrer, tentant de percevoir, dans le même temps, les mouvements de la créature et de distinguer un chemin praticable, malgré le peu de lumière que m'offrait la Lune. Ma fuite était, dès le départ, vouée à l'échec, je le savais mais la raison est parfois commandée par la peur, ou du moins guidée par un instinct difficilement contrôlable. Soudain pris dans un enchevêtrement de racines, je fus projeté en avant dans la pente.

Tombèrent malheureusement mon sac et tout son contenu. L'humidité de la végétation ne facilitait pas les prises et je dus me résoudre à me ramasser sur moi-même pour tenter de limiter l'impact. Le choc fut violent. J'atterris sur un sol dur, dans un enchevêtrement d'arbustes dont les branches particulièrement acérées meurtrirent ma chair. Me rappelant André Maputeoa et sa chute, je savais que je devais impérativement reprendre mes esprits et rester silencieux malgré la douleur. Mon poursuivant ne pouvait qu'avoir été attiré par mon barouf, comme le laissaient entendre les terribles bruissements autour de moi. J'étais devenu sa proie.

Blotti dans ma cachette improvisée, je demeurais le plus discret possible en faisant tous les efforts du monde pour extraire mon arme de son holster et le poignard de ma ceinture. L'animal était proche, son râle perceptible. Je le sentais prêt à l'assaut. Et, tout à coup, il m'apparut, terrifiant, à travers les feuillages. Sa peau d'albâtre réfléchissait la lumière astrale. Sa figure, monstrueuse, dévoilait sa nature diabolique. Son ossature puissante s'apparentait bien à celle des grands singes des forêts tropicales, mais là s'arrêtait la comparaison. Sa démarche était relativement humanoïde quoique, à l'instar des sauriens préhistoriques, entravée par une queue. Dégageant une odeur nauséabonde, qui tranchait nettement avec celle de terre mouillée qui nous entourait, la créature humait l'air comme tous les prédateurs à la recherche de leur proie, en faisant claquer sa mâchoire monstrueuse.

Engoncé dans ma prison de branches, pétrifié par cette apparition irréelle, je n'avais ni la force ni la possibilité d'utiliser mes armes, préférant attendre docilement le départ du démon. Lassé de ne pas détecter ma présence, il grogna encore puis, en effet, disparut. Je laissai s'écouler encore plusieurs minutes, à l'affût du moindre bruit, avant de m'extraire de ma tanière. Une fois libre, je décidai de me déplacer le plus silencieusement possible, quitte à ramper et à glisser parmi la végétation basse du mont Duff, à la recherche d'un abri où attendre l'arrivée de ma plus grande alliée : l'aube. Je m'appuyai un instant contre le tronc massif d'un arbre, quand mon regard se fixa sur un point blanc en contrebas, qui semblait se mouvoir rapidement. C'était elle, la créature, trahie une fois de plus par sa peau immaculée. Comme à Aukena, je la vis bondir d'un coup vers la cime d'un arbre, dévoilant sa puissance phénoménale. Je décidai de m'engager dans la direction opposée.

Accroché à mon Parabellum, je continuais à lutter pour me frayer un chemin, espérant désormais rejoindre le village de Rikitea et sa brigade de gendarmerie. Dans ma hâte, j'oubliai mes propres règles et rompis le silence. La sentence tomba irrémédiablement, comme un couperet qui s'abat. Face à moi, à moins d'une vingtaine de mètres, l'ignoble chasseur se dressa, prenant cette même posture redoutable que lorsque je le contemplais devant la tour de guet d'Aukena.

Agir rapidement demeurait mon seul espoir de salut. Celui-ci se résumait à la mécanique implacable de mon arme, conjuguée à certains réflexes professionnels. À genoux, les deux mains sur la poignée en polymère, le doigt sur le pontet, je montai en cible, alignant le guidon sur la masse blanche qui me faisait face. Je pressai la gâchette. Mouvement de la culasse, extraction de l'étui, introduction de la deuxième cartouche en chambre, je repris le jeu de détente et percutai à nouveau, encore et encore. La bête hurla, touchée par trois fois, éprouvant le pouvoir d'arrêt des munitions 9 mm Parabellum. Mais elle était loin d'être vaincue. Au contraire, galvanisée par la douleur, je la vis fondre sur moi, la rage au corps, tandis que je finissais de vider sur elle mon chargeur. Je ne sais si la dernière salve fut la bonne mais je résistai à l'assaut. Je n'étais pas mort et c'est tout ce qui comptait. Ces dernières secondes me parurent interminables.

L'esprit obnubilé par la volonté de survivre, l'arme dans une main, le poignard dans l'autre, je scrutai le sol, fouillant les herbes, tel un dément. Je cherchais la créature, ou au moins son cadavre, mais en vain. Aucune trace de sang, aucune empreinte au sol. Elle s'était, encore une fois, mystérieusement évaporée et sa disparition marquait la fin de cette nuit baroque, qui soulevait encore tant de questions sans m'apporter de réponses.

Les premières lueurs de l'aube finirent d'estomper mes peurs. Je décidai de gagner au plus vite Rikitea, d'appeler des renforts et de procéder à l'interpellation d'Antoine de Clairvoye. Je devais mettre un terme à cette enquête, que je puisse donner un sens à ce qui semblait irréel.

Étais-je devenu fou ? Mon esprit divaguait-il depuis ces allées sans fin ? Mais je jurerais encore avoir entendu le son des *pahus*, alors que cessait la pluie et que je sombrais dans un sommeil profond, incapable de résister à mon épuisement.

13

Mekiro

Il était déjà tard quand je me réveillai péniblement et, comme à Fatu Hiva, j'eus toutes les peines du monde à reprendre mes esprits. Mon sommeil avait été hanté par les créatures et les symboles des fresques souterraines. Je ramassai le poignard et partis retrouver le sentier.

Je descendis en toute hâte vers le village. En chemin, une voiture s'arrêta et me prit en charge sans trop me poser de questions. Détrempé, couvert de boue, les vêtements déchirés, je devais inspirer la pitié. Le chauffeur, qui vivait du côté de Taku, m'expliqua qu'il était impossible de rejoindre directement la brigade. La pluie diluvienne avait provoqué des glissements de terrain et l'on ne pouvait se rendre au village qu'en faisant le tour de l'île. Il me proposa de me conduire jusqu'à la demeure Clairvoye, où se trouvait toujours mon pick-up. Avec, j'arriverais peut-être à franchir le lac de boue qui me séparait de mes collègues.

Mais le temps, déjà orageux, virait à la tempête. Mon compagnon de route me conseilla plutôt de me mettre à l'abri. Les insulaires avaient l'habitude de ces violents coups de tabac : mieux valait s'enfermer et attendre que ça passe. Dans l'habitacle, la radio diffusait d'ailleurs, à intervalles réguliers, des bulletins de vigilance et annonçait l'arrivée d'un phénomène d'une intensité exceptionnelle.

Devant chez les Clairvoye, je pris le temps de remercier mon chauffeur avant de remonter précipitamment le jardin de la demeure coloniale pour venir frapper à la porte d'entrée. Une domestique vint m'ouvrir. Je reconnus immédiatement la vieille bonne qui maugréait, lors de notre perquisition dans la chambre de Pauline. Elle me contempla, effarée. Puis, devant ma détermination, elle s'écarta pour me laisser passer. Je me ruai dans le bureau du maître des lieux, puis à l'étage, à la recherche d'Antoine. Il n'était nulle part. Je redescendis en courant dans la bibliothèque. Comme j'aurais dû m'y attendre, tout était revenu à sa place, comme si de rien n'était. Je n'étais pourtant pas fou, même si je ne pouvais me débarrasser de l'impression d'avoir passé la nuit dernière dans un songe. Je vidai des rangées entières de livres pour essayer de retrouver le mécanisme qui supportait la charge d'une partie de la bibliothèque. Je sondai les murs et les meubles, mais ce fut peine perdue. Je dus tâter le sol une vingtaine de fois, soulevant même le tapis, mais là encore mes recherches furent vaines. Sans mécanisme, impossible d'accéder à nouveau à l'entrée des souterrains. La vieille bonne ne me quittait pas d'une semelle, rangeant derrière moi d'un geste mécanique, l'air hagard, comme si elle était sous emprise, perdue dans une autre réalité.

« Où est monsieur de Clairvoye, ton maître ? » lui intimai-je, le regard inquisiteur et l'empoignant par le col. Malgré cet accès de violence, la vieille brisa à peine son mutisme. Elle bégaya quelques syllabes inintelligibles, se contentant de me fixer, les yeux larmoyants. Elle semblait vouloir parler mais demeurait contrainte, comme prisonnière des effets d'une drogue ou de je ne sais quel sortilège. Je la relâchai et réajustai son col, honteux de m'être emporté. D'un coup, peut-être soulagée, elle fila en direction de la porte d'entrée. Devant le seuil, elle me fit signe de la suivre. Elle sortit sous la pluie, parfaitement insensible au déluge qui se préparait. Elle remonta toute la grande allée, avant de s'arrêter brusquement : on l'aurait dit bloquée par une barrière invisible. M'approchant d'elle, je l'entendis néanmoins marmonner, tout en lançant des coups de tête dans une direction précise – celle du débarcadère. Je compris instantanément.

Antoine avait l'intention de faire le tour de ses exploitations pour s'assurer que les lignes de nacres étaient protégées. Il lui fallait être certain que la tempête qui s'annonçait ne viendrait pas saccager la récolte. Une très forte houle, en plus d'interdire le travail des plongeurs, pouvait agiter violemment les huîtres et entraîner le rejet du nucleus, en particulier lorsque les mollusques venaient d'être greffés. En rejoignant le ponton, il était encore possible de l'interpeller. Je devais agir vite.

Mais la route qui me séparait du débarcadère était effectivement impraticable. Les passages à sec se faisaient rares et le pick-up ne cessait de patiner. Après le premier kilomètre à tenter de m'extraire de la boue, je décidai de terminer le chemin à pied. Des trombes d'eau s'abattaient désormais avec une force inouïe et je sentais le vent forcir. Le lagon s'était changé en mer furieuse, ballottant les fermes perlières et les lignes de nacres. Soudain, je vis passer une embarcation de la famille Clairvoye, l'une de ces vedettes bleues et jaunes caractéristiques. Le pilote, debout à son poste, était emmitouflé dans un large ciré. Il semblait prendre la direction d'Akamaru, en dépit du gros temps. Cette ferme, proche du cénote, était devenue la plus précieuse, puisque la seule à ne pas souffrir du pourrissement du lagon. Antoine ne pouvait certainement pas mettre en péril ses nacres les plus prometteuses.

Au milieu des éléments furieux, pour tenter d'attirer son attention, je pris le parti d'utiliser mon arme, par deux fois. Les détonations retentirent, puissantes, qui forcèrent le pilote à réagir. Il fit ralentir l'embarcation et se tourna furtivement dans son poste de pilotage, afin de déterminer l'origine du bruit. Lorsque, enfin, il me vit, agitant désespérément les bras afin de lui faire regagner la berge, il se figea dans une position de guetteur. Je distinguais mal son visage, étant donné la distance et la capuche qui lui recouvrait la tête. Notre face-à-face dura quelques secondes, puis il me tourna le dos et remit les moteurs en route. Il reprenait sa course. Cette décision me força à accélérer le pas. Je devais absolument rejoindre la gendarmerie et trouver un moyen d'arrêter Antoine, ne serait-ce que parce qu'il se mettait en danger.

À mon arrivée à la brigade, la cour était vide. Je finis par croiser la veuve de Paeamara, qui m'éclaira sur la situation. Le chef Ihorai et le gendarme-adjoint volontaire étaient partis en urgence avec le policier municipal et des membres de l'équipement, car une partie de la route, déjà défoncée, s'était complètement ravinée et bloquait le passage en direction du mont Duff. Il m'était impossible de les rejoindre sans un véhicule adéquat et, surtout, de perdre un temps que je n'avais plus. La veuve me confia les clés de son défunt mari afin d'ouvrir la brigade pour tenter de joindre la patrouille. En réalité, ce n'était déjà plus mon objectif. J'en profitai plutôt pour m'emparer des clés de l'armoire forte dans le tiroir de l'adjoint et pour reconstituer mon arsenal. Je récupérai des cartouches, une lampe torche puissante, un gilet pare-balles, ainsi que le fusil à pompe Browning dont la rusticité n'était plus à prouver. J'engageai également le poignard d'Enoha dans une gaine de tissu épais qui pouvait faire office de fourreau, et que je fixai solidement à ma ceinture.

Je me résolus ensuite à prendre la vedette de service. Elle était encore amarrée au quai de la brigade, ballottée par des vagues de plus en plus violentes. Ihorai n'avait pas eu le temps de la sortir de l'eau et la coque râpait parfois contre le béton. Retenue par de solides attaches, elle donnait l'impression d'un cheval impétueux, désireux de briser ses liens. Mais l'état de la mer me fit réfléchir à deux fois. S'il fallait intercepter au plus vite le fuyard, l'entreprise était risquée. Et je ne pouvais sérieusement piloter seul l'embarcation. C'est alors que, par miracle, surgit Joseph. Fidèle à lui-même, il avait senti les choses, perçu l'étrangeté de la tempête. Présent à Mangareva, il avait vu l'embarcation Clairvoye partir en direction d'Akamaru et avait su, en entendant les détonations, que la confrontation était proche. Quelques mots échangés avec la veuve avaient conforté son intuition. Il posa ses yeux sur le poignard d'Enoha, dont le manche lui paraissait familier, puis capta mon regard un instant. Il ne posa aucune question, jeta son sac et son harpon au fond du bateau et se mit à libérer les amarres.

La navigation était tendue, Joseph essayait de fendre une houle dont les creux étaient toujours plus profonds. La vedette s'élevait dans les airs avant de se rabattre violemment, ce qui provoquait de telles vibrations sur la coque qu'on aurait dit qu'elle allait se fendre en deux. Plusieurs fois, je crus que nous allions chavirer mais le vieux pêcheur tenait bon la barre, jouant avec le régime des moteurs en fonction du type de vagues à affronter. Il pleuvait à verse et les rafales de vent nous empêchaient de garder les yeux grands ouverts, la mince vitre du poste de pilotage n'offrant aucune protection. Seules l'expérience du pilote et sa connaissance du lagon comptaient. Après plus d'une vingtaine de minutes, Joseph me fit signe de regarder au loin, vers Mekiro. Étrangement, la vedette bleue et jaune flottait nonchalamment. Mais Antoine n'avait pu avoir le temps de rejoindre la ferme d'Akamaru. Il avait dû profiter de l'abri offert par l'îlot pour éviter de chavirer à l'entrée du labyrinthe de récifs. Joseph fit aussitôt de même, m'indiquant de me saisir d'une gaffe afin de préparer notre mouillage. Ma maladresse nous fit perdre un peu de temps. Puis, une fois en sécurité, nous sautâmes dans l'eau pour rejoindre l'autre embarcation. Elle était vide. Quelques filets et gaffes gisaient au fond de la coque ainsi que des cordages, que Joseph ramassa et fourra dans son sac. Rien de suspect à première vue, avant que nous constations de longues traînées de sang, qui couvraient une grande partie du poste de pilotage et partaient vers l'extérieur. Le pilote, vraisemblablement blessé, avait dû se traîner pour s'extirper de l'embarcation et se jeter à l'eau. Nulle trace d'un corps cependant, lorsque nous gagnâmes la plage. De profondes empreintes de pas et des gouttes de sang étaient encore visibles sur le sable, mais s'estompaient sous le flux et le reflux des vagues. Le fuyard semblait avoir pris la direction d'un vague sentier qui longeait le bord de mer et s'enfonçait dans une forêt dense. Joseph m'indiqua qu'il s'agissait du seul chemin pour rejoindre le sommet. Il fallait le suivre puis serpenter au travers d'une gangue végétale, avant de franchir un passage de basalte noyé par les flots. La tempête ne nous y aiderait pas.

Joseph prit les devants, ouvrant une route qu'il connaissait par cœur. Malgré son âge, son allure était vive et son pied adroit. Il se baissait, grimpait, enjambait les obstacles sans la moindre difficulté alors que tout était détrempé. Très vite, je me demandai comment, blessé, notre fuyard pouvait tenir un tel rythme. Certains passages étaient ardus et demandaient un minimum de force pour les franchir. Plus étrange encore, nous ne distinguions plus aucune trace de sang, ce qui paraissait difficile à croire, sur cet unique chemin et ce malgré la pluie. Après plusieurs minutes, nous sortîmes de la forêt pour nous trouver face à une côte escarpée. C'était là qu'il fallait emprunter un goulet peu engageant, taillé de manière grossière dans le basalte. Tout était glissant et, par conséquent, traître. La moindre lame était capable de nous saisir brusquement pour nous entraîner vers le large, si nous étions déjà chanceux de ne pas avoir été tailladés par les innombrables coraux qui composaient le haut-fond. Joseph passa le premier, me désignant par là même les pierres sur lesquelles il fallait poser le pied. Je manquai déraper plus d'une fois et me fracasser le crâne en scrutant sans cesse cette houle qui risquait d'apporter une vague scélérate. De l'autre côté, un autre chemin de terre serpentait le long d'une pente abrupte.

Le décor changea du tout au tout, désolé, hostile, couvert d'une végétation basse, épineuse et urticante. Brusquement, Joseph sortit du sentier battu et pointa au sol d'autres empreintes invraisemblables. Des traces de pas se mêlaient à des signes de reptation, avant de dessiner une nouvelle empreinte identique à celle décrite par le frère convers, lorsqu'il était sur la piste de l'assassin de la jeune Mahine-a-tama. Cinq phalanges pourvues de griffes, parfaitement dessinées, dévoilant la présence incontestable de la bête. Le voile sur le mystère des chèvres dévorées sur l'îlot était levé. Mais cette découverte faisait aussi écho aux paroles des enfants d'Akamaru sur le «grand poisson blanc» qui sortait de la mer. Je n'avais donc pas tué mon prédateur, la nuit dernière, ce qui me remplit à la fois d'effroi et de frustration. À l'inverse, Joseph semblait se réjouir de retrouver le meurtrier de son fils. Nous poursuivîmes notre route, nos armes à la main, trempés, éreintés, mais résolus à en découdre.

Bien vite, avant de commencer à gravir une ultime pente et malgré la pénombre qui envahissait les lieux, nous distinguâmes la grande croix métallique fichée au sommet de l'îlot. Non loin, un petit bûcher avait été dressé, d'où s'élevaient des flammes bleues, légères, semblables aux lumières de la cité souterraine. Elles dansaient sans subir les effets du vent et de la pluie. Proche du bûcher, une silhouette grotesque nous apparut, dansant de manière dégingandée, répétant des gestes incohérents. De sa voix gutturale, elle faisait s'élever une complainte, peut-être une incantation, dans une langue que Joseph connaissait bien. C'était du vieux mangarévien, celle que parlait encore son grand-père lorsqu'il était seul, ressassant le passé. Cette même langue que le frère convers avait tenté de traduire et qui parsemait les fresques délirantes de la salle du gouffre. La créature restait néanmoins invisible, mais nous demeurions sur nos gardes.

Le dénivelé du terrain et la force de la tempête rendaient la fin de notre ascension laborieuse. Plus nous montions, moins nous distinguions la croix et notre potentiel adversaire. Il fallait également être attentif à ne pas se laisser surprendre et tenter d'analyser chaque élément de terrain. À quelques mètres du sommet, nous gagnâmes un buisson touffu pour y reprendre notre souffle. Joseph arma son harpon. Il y fixa une flèche que je n'avais encore jamais vue, disposant de deux ardillons et d'un ensemble d'ergots. Une fois la chair transpercée, la flèche ne pouvait être extirpée sans causer une douleur atroce. Il se débarrassa de son sac et contrôla le tranchant de la lame de son couteau, avant de porter à nouveau son intérêt sur le poignard fixé à ma ceinture. Pour ma part, je vérifiai mon arme de poing, réajustai mon gilet pare-balles et ôtai la sûreté de mon fusil. J'étais prêt à faire feu.

Nous échangeâmes un dernier regard, puis nous nous élançâmes vers le bûcher. Le danseur dément n'était plus là mais, dans l'âtre, je remarquai, ouvert, le carnet du frère convers. Je me précipitai afin de le sortir des flammes, tandis que Joseph inspectait les alentours. Le carnet n'avait pas trop souffert, si ce n'est à certains endroits où l'encre avait coulé et d'autres où le feu avait commencé à noircir le papier. Plusieurs pages avaient encore été arrachées. Mais je n'eus pas le temps de m'en soucier plus longtemps.

À peine l'avais-je récupéré, alors que j'étais encore à genoux, que je sentis la présence de la bête. Sortie des ténèbres, elle se dressait, fantasmagorique, à une trentaine de mètres. Mais son attitude était étrange. Peut-être l'ai-je rêvé, pourtant j'aurais juré qu'elle me dévisageait de manière tout à fait humaine, en poussant des râles. Je n'attendis pas de subir son assaut. J'épaulai mon fusil et déchargeai une première salve de chevrotine, qui l'atteignit de plein fouet. La créature hurla, se cabra un instant et chargea. J'eus à peine le temps d'actionner la pompe une nouvelle fois et de faire feu qu'elle me percuta violemment et m'arracha le fusil. Alors que, au sol, je tentais vainement de sortir mon arme de son étui, la bête revint, furieuse, saisit l'une de mes jambes et ouvrit sa gueule féroce, prête à déchiqueter ma chair. Sur le point de connaître son effroyable morsure et dans un ultime effort de survie, je libérai vigoureusement le poignard d'Enoha de son fourreau et vins le planter dans son épaule. La créature lâcha prise, rugit et se redressa. Elle extirpa le poignard et le jeta au loin, dans les ténèbres. Puis, comme galvanisée, elle m'attaqua à nouveau. Je sentis l'une de ses pattes me saisir et me projeter violemment en l'air. Je retombai un peu plus loin, complètement sonné, mon gilet pare-balles lacéré par une profonde trace de griffes.

En reprenant mes esprits, j'attendais, hébété, son ultime charge mais rien ne vint. Je profitai de ce temps de répit pour réajuster mon gilet, sortir mon arme et balayer la zone à la recherche de mon adversaire, mais ce que je découvris un peu plus loin me stupéfia. J'assistais à présent, sous une pluie battante, à un combat à nul autre pareil. Joseph, après le coup de feu, était monté à l'offensive, le couteau à la main, gavé de l'énergie de la vengeance et de sa foi profonde en l'éradication du mal. Il tenait enfin l'assassin de son fils et c'était une lutte à mort. Après quelques esquives, le pêcheur put agripper la bête et monter sur son dos. Il la larda de coups, enfonçant sa lame dans l'échine de l'animal et surinant ses flancs autant qu'il le pouvait. Il frappa si fort que la lame finit par se briser net, demeurant fichée dans le corps de la créature. Je pensais le combat perdu d'avance, le vieil homme désarmé et incapable de résister à la force de son adversaire, mais, dans un geste inattendu, Joseph brandit haut le poignard d'Enoha, qu'il avait dû retrouver à l'issue de mon premier combat. La main sûre, il reprit frénétiquement ses attaques. Il frappait avec toute sa détermination le corps déjà meurtri du monstre, jusqu'à planter à plusieurs reprises la lame au niveau de son cœur. Le poignard semblait l'arme parfaite : le rostre, qui faisait office de lame, s'enfonçait jusqu'à la garde, déchirant facilement la chair. Les multiples blessures laissaient échapper des petites gerbes d'un sang noir ébène.

La monture se débattait, furieuse, ne parvenant pas à saisir son cavalier et cherchant à lui faire lâcher prise par tous les moyens. Je m'approchai à la hâte dans l'espoir de retrouver mon fusil. Je le découvris malheureusement broyé contre une pierre, inutilisable. Mais, en repartant en arrière, mon pied buta contre un objet contondant. C'était le harpon de Joseph, qui n'avait pas encore servi. Je m'en emparai et continuai de reculer, en quête désespérée d'une position de tir favorable, malgré les trombes d'eau. Les deux lutteurs, pris dans la violence du combat, s'étaient déjà approchés dangereusement du bord de la falaise. J'appuyai fermement sur la détente. La pression était exceptionnelle. Les tendeurs libérèrent la flèche qui vint se ficher brutalement dans une jambe du monstre. Celui-ci, toujours plus enragé, se cabra de nouveau, ce qui désarçonna Joseph. Je le vis avec horreur disparaître dans le vide. Mais il fallait agir vite, la bête encore chancelante cherchait un point d'appui pour ne pas basculer à son tour. Je tirai parti de ces quelques instants pour lâcher le harpon et récupérer mon pistolet automatique. Je fis feu à de nombreuses reprises, vidant ainsi l'intégralité de mon chargeur. La créature, sidérée, n'émit aucun son. Elle vacilla un court moment, perdit l'équilibre et chuta de la falaise, entraînée par son propre poids.

Cette fois-ci, cependant, je ne perçus aucune musique, aucun rythme frénétique après sa disparition.

Le vent tomba doucement et la pluie devint de plus en plus fine, jusqu'à cesser. L'obscurité et ma position m'empêchaient de distinguer le bas de la falaise. Mais ce fut encore Joseph qui, indirectement, me tira d'affaire. Ramassant son sac, je découvris, en sus des cordages ramassés plus tôt dans le bateau d'Antoine, une lampe-tempête, celle-là même qu'il avait utilisée lors de notre veillée chez lui. Assez puissante, elle permettait de risquer l'escalade.

Fixée à la croix métallique, seul point de salut, je déroulai la corde et commençai à m'assurer. J'estimai l'à-pic haut de plus d'une vingtaine de mètres, ce que les cordages devaient largement couvrir. J'avais accroché ma lumière de telle manière qu'elle puisse m'éclairer suffisamment lors de la descente. Je glissai lentement le long de la paroi, essayant du mieux possible de caler la corde entre mes jambes pour me freiner et soulager mes bras. Je posai finalement le pied sur un sol rocailleux, détrempé et glissant, où venaient mourir les derniers remous de la tempête. Muni de la lampe, je sondai les ténèbres à la recherche des corps.

Je découvris, en premier, celui de Joseph, meurtri, la tête fracassée contre un rocher. Il tenait encore fermement dans sa main le manche sculpté du poignard d'Enoha. Pauvre Joseph, ultime compagnon d'une aventure inattendue, il avait ouvert avec moi les portes d'un monde mystérieux comme l'avait fait son ancêtre, Jonas, lorsqu'il avait accompagné le frère convers pour son dernier voyage.

À la vue du second cadavre, une profonde angoisse me submergea. Sa peau était d'un blanc éblouissant mais maculée de sang. Une flèche brisée traversait sa jambe. Il s'agissait cependant d'un corps humain, et non de celui de la créature, ce qui me terrifia. Il reposait face contre terre, désarticulé d'une bien horrible façon. Son dos et ses flancs étaient perforés, laissant apparaître une multitude de plaies profondes, d'où s'écoulait encore un sang noir comme la nuit. Je dus puiser au plus profond de mes forces pour retourner le cadavre et contenir toute l'horreur de ma surprise.

Car, proche de l'infortuné pêcheur, un rictus effroyable sur son visage d'enfant, gisait le corps de Pauline de Clairvoye.

Épilogue

Mon retour en métropole ne se fit pas sans mal. Après quelques mois à Papeete, où je tentai de me justifier auprès d'un aréopage de médecins et de magistrats, je fus relégué à un poste sans envergure et noyé sous les tâches ingrates.

Pour éviter toute suspicion sur ma santé mentale, je passai allègrement sous silence mon voyage souterrain et mon combat démentiel, préférant à l'offre médicale celle, plus personnelle, consistant à coucher sur les lignes d'un carnet mon aventure hallucinée.

Je laissai l'enquête impossible se poursuivre en Polynésie, et profitai de mon temps libre pour partir à la découverte de lieux qui m'étaient, jusque-là, inconnus. Telle cette majestueuse forêt occitane d'où j'émergeai à la nuit tombée et qui, sous une Lune gibbeuse, me donna l'occasion de contempler au loin, perchées en haut d'un piton, un frisson me parcourant l'échine, les ruines énigmatiques du château de Malvan, berceau historique d'une famille maudite : les Clairvoye.

Table

CET OUVRAGE
A ÉTÉ ACHEVÉ D'IMPRIMER
SUR ROTO-PAGE
PAR L'IMPRIMERIE FLOCH
À MAYENNE EN MARS 2023

N° d'impression : 102103
Imprimé en France